일흔에
아홉살 꿈을
이루다

일혼에 아홉 살 꿈을 이루다

2015년 3월 15일 1판 1쇄 발행 / 2015년 12월 9일 1판 3쇄 발행

지은이 김세호 외 / 펴낸이 임은주
펴낸곳 도서출판 청동거울 / 출판등록 1998년 5월 14일 제406-2011-000051호
주소 (413-120) 경기도 파주시 회동길 77-4 (문발동, 파주출판도시) 301호
전화 031) 955-1816(관리부) 031) 955-1817(편집부) / 팩스 031) 955-1819
전자우편 cheong1998@hanmail.net / 네이버블로그 청동거울출판사

책임편집 김은선 / 표지제자 김평운 / 그림 구나나, 김세호
출력 태영산업 / 인쇄 세진피앤피 / 제책 자성제책

ISBN 978-89-5749-169-0 (03810)

● ● 김 ● 세 ● 호 ● 가 ● 족 ● 문 ● 집 ● ●

일흔에 아홉살 꿈을 이루다

김세호 · 윤소민 · 신정아 지음

청동거울

고희를 축하하며

매제는 학창시절부터 세월을 함께한 친구다. 그의 칠순기념문집에 추천사를 쓰게 되니 감개무량하다. 그가 살아온 삶 속에 진실, 희망, 미래가 살아 있다. 일흔에 꾸는 친구의 진짜 꿈이 무엇인지 다시 한번 묻고 싶다. 많은 사람들이 이 글을 읽고 희망을 가지기를 감히 청해 본다.

—변의승 (한영통상 대표)

"옛날에 한 아이가 있어 내일은 오늘과 다를 것이라 생각하며 살았답니다."

김세호 사장을 보면 이 시가 생각난다. 아홉 살에 꾸었던 꿈을 일흔 살에 이루었다는 것은 성실함은 물론 창의적으로 일을 해온 사람이기 때문에 가능한 일이다. 그는 남들이 가지지 못한 열 가지의 장점을 가지고 있다.

첫째, 마음이 부자이며 여유로움을 가지고 있다.

둘째, 어려운 세태에도 회사를 이끄는 끈기와 성실함이 있다.

셋째, 유머감각이 있다.

넷째, 그만이 지닌 독특한 창의력이 있다.

다섯째, 가톨릭 신자로서 신앙심이 있다.

여섯째, 타고난 선한 마음과 진실을 추구하는 아름다움, 그리고 서정적인 감각을 가졌다.

일곱째, 꾸준한 의지와 연구력이 있다.

여덟째, 역지사지의 마음에서 나오는 인정이 있다.

아홉째, 카리스마와 리더십이 있다.

열째, 봉사와 희생정신을 가지고 있다.

친구지만, 존경하는 마음이 생기는 사람이다. 영화 〈국제시장〉 마지막 대사에서 덕수가 하는 독백이 생각난다.

"아버지, 저 이만하면 잘 살았지예. 그런데 정말 힘들었심더."

하늘에 계신 부모님도 아들의 말을 듣고 머리를 쓰다듬어 줄 것이라 믿는다. 오래도록 친구와 함께하고 싶다.

—황진수 (전 한성대 교수 · 총장대행 역임,
현재 대통령직속 저출산고령사회위원, 대한노인회중앙회 이사, 한성대 명예교수)

늘 과묵했던 친구가 노을 지는 언덕에 서서 감동의 열매를 엮었다. 온갖 역경과 시련을 극복하고 성공을 이룬 행복한 이야기다. 싱그러운 시와 순수한 수필이 우리들 마음에 물든다. 정겨운 보릿고개 추억에는 가슴마저 저려 온다. 고집스럽게 지켜 온 정도의 외길, 그것이 바로 "고진감래"가 아니겠는가. 축하한다. 아울러 세계 유일하게 미개발국 동남아, 아프리카 등 50개국에 종합의료센터를 지은 열정에 박수를 보내는 바다.

—박영우 (전 광진경찰서 정보과장)

처음 화실을 방문했을 때 선생님은 "지금 이 나이에 그림을 시작할 수 있을까요?"라며 약간의 두려움과 설렘을 말씀하셨다. 글을 쓰고 그림 그리는 것이 익숙하지 않은 데다가 길고 힘든 작업이라 지칠 법도 한데, 그의 의지는 실로 대단했다. 새로운 것의 두려움보단 미래를 내다보았다.

꿈을 향해 항상 발 딛을 준비를 하고 있는 선생님, 그것을 이루기 위한 첫걸음을 진심으로 응원합니다. 축하드립니다!

—오흥배 (화가)

처음 드리는 글

어느 날 손녀인 소민이가 「할아버지 짱」이라는 글을 써 가지고 나에게 읽어 주었다.

할아버지는 마법사
놀아 줄 때는 내 친구
알려 줄 때는 선생님

할아버지 짱!

할아버지는 개그맨
항상 나를 웃겨 주고
가짜 마법도 부린다.

할아버지 짱!

　순간 가슴이 뛰고 심장이 멎는 충격으로 잠시 정신이 멍했다. 아! 바로 이것
이다! 글이라는 것……. 나는 시든 수필이든 내 마음을 표현할 기회도 없었지
만, 문학적으로 글 쓰는 재주가 정말 없다. 그럼에도 불구하고 지금껏 나의 삶
을 글로나마 남기고 싶은 건 왜일까?

　내 나이 칠십이 넘어가는 즈음에는 무엇을 하고 있을까 궁금하기도 했었는
데, 지금까지의 삶을 솔직하게 표현하는 것이 좋을 것 같다. 다행이도 며늘아
기가 동시작가이며 문학박사여서 약간의 도움을 받을 수 있었다. 그리하여 칠
십이 되는 해 조그만 책자 하나를 나의 삶이 오기까지 함께해 준 여러분께 진
심을 다해 바친다. 사실 그 진심보다 먼저 여러분의 양해를 구하지 않고 무작
정 마음을 표현한 것이 참말 면구하고 죄송스럽다.

　이 책에 대한 문학적 비평이 걱정되기도 한다. 그러나 나의 기록은 작품이
아니고, 여러분과 함께 숨 쉬던 순간의 기록임을 전하는 바다. 그렇게 생각하
고 받아 주면 내 마음이 좀 편할 것 같다.

　오로지 천진한 어린 시절로 되돌아가 회고하고, 현재의 진실된 내 마음을
하나하나 정리하고 싶은 마음뿐이다. 보잘것없는 마음의 조각이지만 여러분
과 함께하고 싶다.

2015년 3월

김세호

차 례

제1부 **일흔에 아홉 살 꿈을 이루다**
김세호_시와 에세이

● 김세호_시와 에세이

일흔에
아홉 살 꿈을 이루다

2014.7 세

내일

부모 슬하
스물두 해 둥지에
살다
홀로 뛰기 시작한 지
마흔여든 해
강산이 일곱 번 변하고
그 많던 머리숱도
듬성듬성
주름진 얼굴은

앞을 내다볼 겨를 없이
자꾸
뒤만 아래만 보고 있구나.

하지만
저기 햇살이
꿈을 싣고 온다
멀리
두둥 두둥
전진 소리 난다
툭 툭
옷깃을 친다
용광로를 가리키며
빛을 비춘다
따라오너라 함께 가자
손짓한다.

외할머니에게 받은 사랑

긴 마루를 지나 대청에 들어서면 아주 시원한 곳이 사랑방이다. 사랑방에는 돗자리가 깔려 있으며 나무로 만든 목침이 있다. 또 할머니가 피우는 담배와 놋으로 된 재떨이가 기억난다. 외할아버지가 줄곧 쓰시다가 돌아가신 후에는 외할머니가 주로 계시던 방이다.

태양이 뜨겁게 내리쬐는 초여름, 사랑방에 앉아 뜰을 보면 백일홍 나무 한 그루가 있다. 어렸을 적 사촌들과 백일홍 가지에 그네를 만들어 놀곤 했다. 마당 한구석에는 꽃밭이 있었는데, 옥잠화랑 맨드라미가 폈다. 특히 맨드라미는 키가 크고 꽃 모양이 닭 벼슬 같으며 내가 좋아하는 자주색이어서 인상적이었다.

할머니 댁에서 조금 내려가면 파도가 넘실거리는 바다가 있다. 그 바다에는 모래사장이 있고, 갈대숲이 있어 여름이나 가을이 되면 대나무에 낚싯바늘을 매어 망둥이를 잡곤 했다.

외할머니께서는 "애야." 나를 부르시고는 입버릇처럼 "쯧쯧, 네 아비는 왜 먼저 갔노."라고 하셨다. 그리고는 나의 머리를 쓰다듬어 주시고, 때로는 눈물을 보이시던 기억이 난다. 내가 태어날 때 아버지, 친할아버지, 친할머니는 돌아가신 지 오래되었다. 그래서 친가보다는 외가댁 근처로 이사를 와 외할머니 사랑을 받고 자랐던 것이다.

가끔 우리 집에 오실 때면 삼베 고쟁이 속주머니에 옥수수, 감자 등을 넣어 가지고 오셨다. 모두 며느리 눈을 피해 가져온 것들이었다. 우리 집과 외가댁은 300~400m밖에 되지 않은 가까운 거리지만, 아픈 다리를 끌며 언덕을 넘어오셨을 할머니를 생각하면 지금도 가슴이 아프다.

당시 외삼촌 댁은 사촌들이 많아 대식구였다. 외할머니는 무엇이든 맛있는 것이 있으면 엄마와 나를 생각해 가져다주곤 하셨는데, 그 일로 숙모와 충돌하는 것을 본 적이 있다. 엄마와 나는 마음이 불편하여 외할머니를 말렸지만, 외할머니 고집도 보통이 아니었다.

그러던 중 고등학교 1학년 때 외할머니가 돌아가셨다는 소식을 같은 학교에 다니는 사촌으로부터 들었다. 나는 화장실 뒤편에 쭈그리고 앉아 정말 통곡을 하며 울었다. 그때까지 나는 울어 본 기억이 없다. 주위에 누군가 돌아가신 경험이 없어서 그런지 당시 상당히 충격을 받았다. 특히 외손자인 나를 금쪽같이 여겼던 할머니였기에 그리 슬프게 울었다.

얼굴에 눈물 콧물이 범벅이 되어 한참을 울다가 조퇴를 해야겠다는 생각으로 담임 선생님을 찾아가 사정했다. 당시만 해도 외할머니 등 외가의 상에는 결석으로 처리가 되었기 때문에 친할머니가 돌아가셨다고 거짓말했다. 선생님께 허락을 받고 한걸음에 외가댁에 갔는데, 사람들은 그리 슬퍼하는 기색이 없었다. 어머니마저 할머니가 잘 가셨다고 했다.

나는 이러한 상황을 이해할 수가 없었으며 당황스럽고 배신감마저 들었다. 물론 외할머니는 90세가 넘은 연세였으나 어찌 그리도 태연할 수 있는지 마음이 좋지 않았다.

외할머니는 외할아버지가 계신 뒷산에 함께 합장을 하였다. 그후 가끔 산소에 들릴 때마다 마을이 변하는가 싶더니, 묘소 자리 부근도 개발이 되었다. 결국 조상님들을 화장하게 될 수밖에 없었으니 가슴이 아프다. 아무쪼록 조상님들께서 모두 저승에서 편안하시길 기도한다.

2014. 12.
-세-

일흔에 아홉 살 꿈을 이루다

대한 독립 만세 소리가 저 멀리 아련하게 멀어지는 해, 추운 엄동이 지난 새해 벽두, 닭도 새로운 해를 부르는 시각에 세상이라는 벌판에 나왔다. 밖은 춥지만, 따스한 햇살이 토담집 담 사이로 내려와 마룻바닥을 길게 누르던 날이다. 나는 유복자인 데다가 대를 잇는 유일한 장남으로 태어났다. 당시 어머니는 산고의 고충도 잊은 채, 웃음과 기쁨의 눈물로 새 생명을 응시했다고 한다. 어머니의 과분한 사랑과 보살핌으로 나는 무럭무럭 자라났다.

초등학교 입학 후 나의 유일한 취미는 언덕을 뛰어 내려가 모래사장에 그림을 그리는 일이었다. 실제 학교 미술 시간에 그린 그림이 곧잘 뽑혀 게시판에 걸렸다. 바닷가 모래 위에 막대기로 선을 그어 집을 지었다. 모래집 앞에 꽃을 심고, 꽃에 물 주는 아이까지 그렸던 기억이 아직도 선명하다. 바닷바위에서 대나무에 실을 매달아 낚시를 하면서도 한 폭의 그림이 마음속에 들끓었던 꿈 많은 어린 소년이었다.

친구들과 놀다가도 마음이 내키지 않으면 모래사장으로 달려갔다. 크고 작은 막대기를 붓 삼아 선을 그었다. 출렁거리는 파도 위에서 상상의 기와집도 짓고, 엄마 얼굴도 그리곤 했다. 다른 친구들은 파도 때문에 지워진다며 멀리 떨어져 그림을 그렸는데, 나는 일부러 파도 가까이 그림을 그렸다. 내가 그린 그림을 파도가 쓸고 가면 또 그렸다. 내가 왜 그랬는지 지금 생각해 봐도 설명하기 어렵다. 하지만 그때 파도의 여운은 가슴속에 아련하게 남아 있다.

모래사장을 도화지 삼아 뒹굴었던 아홉 살 소년의 꿈. 시간이 많이 흘렀지만 지금이라도 그 꿈을 이루고 싶다. 세월에 도화지가 찢기고 하얀 꿈이 인생에 묻혀 퇴색된 지 오래지만, 그림을 가져간 파도가 내 꿈을 간직하고 있다가 늦게 돌려준 것이라 믿는다.

파도에게 내 꿈을 돌려받은 후, 막중한 책임감마저 느껴진다. 그 책임감이 씨앗이 되어 가슴속에서 꿈틀꿈틀 싹을 틔우고 있다. 그리고 싹은 꽤나 생기가 있다. 이것을 계기로 나의 그림 그리는 취미 생활은 다시 시작되었다. 아트홀에서 그림을 배우기 시작한 것이다.

수십 년간 묵혀 뒀던 꿈에 힘을 실어 준 건 아트홀에서 만난 구나나 선생님이다. 지난해 여름부터 하루도 빠짐없이 나를 가르치며, 고생을 많이 하셨다. 고마운 마음을 표현하기에 보잘것없는 지면이지만, 이 글을 통해서나마 감사의 인사를 꼭 전하고 싶다.

이렇게 아홉 살 소년의 꿈이 첫발을 내딛었다. 나로서는 역사적이고 찬란한 시작이 아닐 수 없다. 그 방향과 경과에 대해서는 입을 다물 참이다. 그저 아홉 살이 되어 꿈 많던 시절에 묻히고 싶다. 누가 뭐래도 행복한 소년의 모습으로 철없는 동심의 세계를 여행하고 싶다.

진정한 꿈은 변하지 않는다. 또한 멀어지지도 않는다. 당장 실현되지 않더라도 내 마음속에서 잠자고 있을 뿐이다. 앞으로 나는 하얀 도화지 위에 무엇이든 그릴 것이다.

소식

허리 굽은 할매
돌섶에 앉아
꿍꿍
소식을 기다린다.

감나무에 까치가
여러 차례,
오솔길에
우체부 아저씨도
가물가물.

들고 있던
지팡이 팽—
내리친다.

그래,
무소식이 희소식이다.

아버지

한 번도 불러 보지 못한
아버지

엄마 배 속에서
한 달째인지, 두 달째인지
나는 유복자가 되었다.

아버지 돌아가신 지
육십여 년 지나
어머니와 저승 집 지을 때

길고 검은 뼈 몇 조각
아버지를 처음 뵈었다.

처음이자 마지막
이슬 한 방울
눈가에 맺힌다.

꿈

대통령, 판사, 화가……
모래처럼 많은 꿈
무지개처럼 사라진다.

다시 세운 꿈
어려워도
풀고 싶은 꿈

지겨울 법도 한데
자꾸만 날
쫓아다니는 꿈

평생을 함께 가려나 보다.

일흔을 살아온 나

돌이켜 보면 태어날 때부터 내 상황은 평범하지 않았다. 아버지가 돌아가신 때, 생각지도 않은 내가 어머니의 배 속에 꿈틀거리고 있었기 때문이다. 하지만 유복자면서 장손이라 그런지, 아버지의 부재를 느끼지 못할 정도로 주위의 사랑을 듬뿍 받았다.

고향 땅 시골에서 초·중·고등학교를 마치는 동안 홀로 계신 어머니와 누나들과 함께 농사를 지었다. 다들 어려운 시절이었지만, 주위 사람들로부터 바르고 정직하게 사는 가정이라는 칭찬을 들어왔다.

고등학교를 졸업하고 나서는 바로 대학에 진학하지 않았다. 내게 나름대로의 뜻이 있어 공무원 시험을 준비해 합격했다. 국가의 녹을 받아서 대학을 내 힘으로 갔다.

지금 생각해 보면 아버지의 부재와 결핵이라는 병으로 인해 70년 세월 동안 참 많은 사건들이 있었다. 그러나 시련을 주는 대신 그것을 해결할 용기도 함께 보내 주시는 하느님께 감사 드린다.

2014. 12.6
- 서 -

이제는 손자가 넷, 손녀가 하나다. 부자 할아버지다. 손주들에게 내 몸과 마음을 던져, 같이 놀아 주는 일이 무엇보다 즐겁다. 아침잠이 줄면서 새벽에 책을 읽고 글도 쓰는데, 늦은 나이에 하는 공부라 더욱 뿌듯하다.

그래도 나이는 속일 수 없는지, 가끔 힘에 부칠 때가 있다. 사업을 하

2014. 12. 24.

다 보니 회사 일과 공장 일만으로도 눈코 뜰 새 없이 바쁘기 때문이다. 하지만 틈틈이 그림을 그리며 꿈에 가까워지고 있으니 더 이상 바랄 나위 없이 행복하다.

내 마음속의 작은 소망을 말하자면, '늘 오늘처럼만……'이다. 내가 하고 싶은 일들을 하면서, 행복을 설계하고 실천하는 과정이 남았다. 그리고 이 행복을 나보다 못한 사람들과 함께 나누고 싶다. 고아원을 방문해 손주를 대하듯 아이들과 따뜻한 시간을 가져야겠다는 생각도 여러 번 했다. 그들과 어떻게 세상을 살아 나갈지 충분히 고민하고, 실행에 옮길 것이다. 먼저 하느님께 무엇을 해야 할지 상담받고, 그와의 대화로 용기를 얻어야겠다. 나의 마지막 꿈을 실현시키는 일은 다름 아닌 내 의지에 달렸으니까.

냉장고 문

냉장고 문에
우리 가족이 모두 모였다.

냉장고 문이 열었다 닫히면
우리 가족은
심심하던 찰나에
시소 한번 타는 기분.

냉장고 문이
엄마 나무라도 되는 양
매미처럼 붙어 있다.

아기

꼬틀꼬틀
엄마 배 속에서
아기가 자란다.

엄마는
아가의 귀를
먼저 만든다.

조용조용
아가는 듣다가
엄마랑 같이
눈, 코, 입도 만든다.

더 많이,
더 크게 웃는 얼굴
선물하고 싶어

엄마는
마냥 조심
또 조심이다.

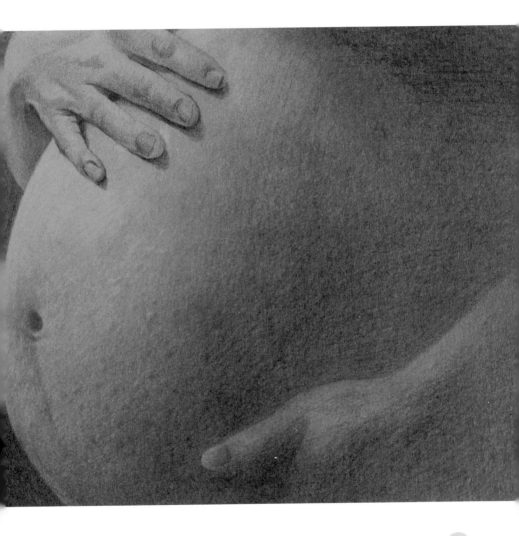

걱정

꼬리 이어
줄을 선다
작은 걱정
큰 걱정

가슴 졸이는 걱정
안 해도 되는 걱정

물가의 손자 걱정
시집간 딸 걱정
놀러 간 마누라 걱정

풍선처럼 걱정 만들고
또 속 태운다
팔자다.

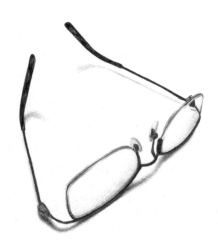

누구에게도 말하지 못한 시련의 시간

나에게는 누구에게도 말하지 못한 깊은 비밀이 있다. 나의 가장 큰 상처를 이렇게 글로 남겨야 할지 말아야 할지 여러 번 고민했다. 평생 큰 상처가 된 일이기에 많이 힘들고 아파서 기억조차 하기 싫었다. 그래서 그 시간들을 어머니와 나만의 비밀로 하고 이제껏 묻어 왔다. 그러나 한편으로 내 인생의 가장 결정적인 고통을 털어놔야 마음 한구석에 뭉친 응어리가 후련하게 풀릴 것 같아서 결국 이렇게 펜을 들었다.

중학교 때의 일이다. 학교 가는 길에 갑자기 마구 기침이 나더니, 각혈을 하는 것이다. 며칠 동안 이어진 각혈로 기력도 없고 몸이 시들해졌다. 한번은 학교 가는 길에 의식이 혼미해져 시궁창에 쓰러진 일도 있다. 다행히 정신을 차리고 이를 악물어 학교까지는 갈 수 있었으나, 자취방으로 돌아와서는 천장이 빙글빙글 돌고 세상이 노랗게 보였다.

간신히 몸을 추슬러서 어머니가 계신 집으로 갔다. 어머니에게 모든 사실을 말씀 드리니, 어머니는 혼비백산하여 안절부절못하셨다. 다음

날 어머니와 나는 아무도 모르게 버스를 타고 읍내 병원으로 갔다.

진찰 결과 60년대 최대 불치병인 결핵 판정을 받았다. 병원에서는 약을 정성껏 먹고, 고기 등의 음식으로 영양을 충분히 섭취하라고 권했다. 초기라 꾸준히 치료하면 나을 거라 했지만 귀에 들리지 않았다. 당시 결핵은 지금의 암과 같았다. 학교를 다닐 수 없을 뿐만 아니라, 보건소에서는 격리 수용 한다는 소문도 있었다. 나는 다행히 중태가 아니어서 꼬박꼬박 약 잘 먹고 관리하면 낫는다고 했지만, 어린 나로서는 학교가 제일 문제였다.

어머니는 소문이 동네에 퍼지면 안 된다고 신신당부하셨다. 사람들이 알게 되면 식구끼리 밥도 못 먹고, 우리 집과 왕래를 안 하는 것은 물론 이사를 가야 할 수도 있다며 전전긍긍했다. 거의 자식을 잃는 것처럼 말씀하셨다. 어머니는 아무에게도 말하지 말고, 단둘이만 알고 있자며 내 손을 꼭 잡고 눈물을 흘리셨다. 그날의 기억은 지금도 생생하다. 겪어 보지 않은 사람은 이해가 어려울 것이다. 어머니는 홀로 키운 아들을 잃는다고 생각하셨다.

엄마와 나는 시골집으로 돌아왔다. 내 위로는 누나가 셋 있었는데, 큰누나는 시집을 가서 없고, 둘째와 셋째 누나에게도 이 일을 비밀로 했다. 명확히 말하지 않고 그냥 얼버무렸다. 병이 나을 때까지 들킬까 봐 눈치를 보면서 살았다.

내가 연이은 기침과 함께 각혈을 할 때, 어머니는 누워 있는 자식의 방문을 열지 못한 채 문고리를 잡고 통곡하셨다.

"내 가슴에 자식을 묻지 마세요. 마지막 희망입니다. 데려가시려면 저를 데려가 주세요"

통곡이 아닌 절규였다. 어머닌 내 위로 아들 둘과 딸 하나를 이미 저세상으로 보낸 분이었다. 전부 일곱 형제였는데 셋은 하늘나라로 가고, 나를 포함해서 넷만 어머니 곁에 남은 것이다. 유복자로 힘겹게 대를 이을 수 있는 자식이 태어났는데, 결핵에 걸렸으니 어머니 마음이 오죽했으랴. 어머니의 절규를 보면서 나는 결심했다. 절대 죽지 않겠노라고. 휴학도 안 하고 아무도 모르게 병을 이겨내겠노라 다짐했다.

그후 어머니와 나의 삶은 아슬아슬했지만, 희망의 끈을 한시도 놓지 않았다. 결핵에 좋다는 뱀도 먹고, 돈이 허용되는 대로 고기를 먹었다. 또 집에서 키우는 닭이 계란을 낳으면 그것을 팔아 학비를 댔었는데, 그리하지 못하고 쪄서 먹거나 생으로도 먹었다. 어머니는 어려운 사정에도 잘 챙겨 먹으라며 용돈 주는 것을 잊지 않았다. 심각한 상황을 모르는 누나들은 그저 폐가 안 좋아 그러는 줄로만 알았다.

나는 어머니가 내게 쏟은 정성을 절대 잊을 수 없다. 아무리 대를 이을 외아들이기로서니, 그 헌신을 말로 다할 수 없었다. 누나들이 보리밥을 먹을 때, 나는 쌀밥을 먹었다. 당시 누나들은 내 병을 몰랐으니 외아들만 생각한다며 어머니를 타박했다. 그러나 어머니가 준 하얀 밥은 단순한 밥이 아니라, 죽으면 안 된다는 신념과 희망의 자양분이었다.

내 나이 25세로 결혼 적령기가 되었을 무렵이다. 어머니는 빨리 결혼하기를 바라지 않으셨다. 될 수 있으면 건강을 되찾을 때를 기다려 장가가길 원했다. 그리고 소문이 나서 장가도 못 가면 어쩌나 노심초사하셨다. 어머니는 나의 객지생활 십여 년이 마음이 아파 평생을 지내던 시골 땅을 정리해서 내가 생활하는 서울로 이사했다.

어느 날인가 퇴근해서 집에 오니, 어머니 얼굴에 화색이 돌며 싱글벙

글하셨다. 내 몸에 좋다는 호랑이 고기를 사 오신 것이다. 그 당시에는 호랑이 고기가 사람들에게 최고의 명약으로 소문이 나 있어서 시장마다 호랑이 고기를 파는 장사가 흥행했다.

어머니는 그것을 양은솥에 넣고 연탄을 갈고 계셨다. 나도 잠시 착각하여 내가 호랑이 고기를 먹을 수 있다는 게 신기하고 묘한 기분마저 들었다. 알고 보니 당시에 호랑이 고기의 인기를 이용해 호랑이 가죽을 두른 가짜 고기를 호랑이 고기라고 파는 사기꾼이 많았는데, 어머니가 그들에게 속아서 사 오신 것이다.

그러나 '오죽했으면 어머니가 호랑이 가죽이 붙은 가짜 고기를 호랑이 고기인 줄 알고 사셨을까' 하는 생각에 문득 괴롭고 슬픔이 밀려왔다. 어머니에게는 호랑이 고기를 먹으니 힘이 난다고 말씀 드렸다. 어머니의 마음을 생각하니 길게 한숨이 나왔다.

사실 발병한 지 1년 반 만에 의사로부터 완치 판정을 받았다. 그러나 29세에 장가를 들고 아들을 낳기 전까지 우리 어머니의 눈에 나는 여전히 결핵 환자였다. 어머니는 자식을 병마에서 구한 것이 아니고, 피를 짜고 살을 깎는 고통을 참으며 나를 만들어 놓은 것이다. 어머니의 정성과 헌신을 알고 있는 나는, 그저 흐르는 구름만 쳐다볼 뿐이다.

언젠가 아내와 병원에 간 적이 있다. 의사는 상담 도중, 결핵의 흔적이 발견된다고 말했다. 아내가 눈치챘음에도 불구하고, 아직까지 형제며 자식에게, 가슴이 찢어지는 아픔과 피를 토하는 각혈의 고통을 이야기하지 못했다. 이렇게 글로써라도 털어놓고 나니 조금은 후련하다.

이제껏 직장 동료 내지는 친구들과 술자리를 한 적은 많지만, 술을 마신 적은 거의 없다. 젊은 시절부터 계속된 습관이다. 혹자는 내가 술을 못하는 체질인 줄 알고, 아예 술잔을 권하지 않는다. 그러나 난 술도 잘 먹고 놀기도 잘한다. 그러나 술을 마시면 죽는다고 벌벌 떨며 말씀하시던 어머니를 생각하면, 함부로 술을 가까이 할 수 없다. 그래서 줄곧 술은 못한다고 말해 왔고, 지금은 정말 못하게 되었다. 담배도 30대 초반에 끊어서 안 피운 지 오래다.

이쯤에서 긴 이야기를 마치려 한다. 그 시절에 비하면 지금은 행복하리만큼 단조로운 삶을 살고 있다. 학원에서 그림도 그리고, 이런저런 생각도 많이 한다. 그중에서 손자손녀들과 보내는 시간이 가장 즐겁다.

버겁기만 했던 시련의 시간을 돌아보니, 현재의 삶에 충실하면서 앞으로도 사랑하는 아내, 손주들과 함께 아름다운 인생을 살아야겠다는 생각을 품게 된다.

어릴 적

흙 굴뚝 양지에
가마니 깔고
소꿉놀이.

아빠도 되고 엄마도 되고
시집도 가고 장가도 간다.

그림자 길게 누우면
멍! 멍!
강아지 꼬리 흔들고
멀리서
엄마 목소리 다가온다.

엄마는 삼베 보자기에
옥수수, 감자 꺼내 놓고
"잘 놀았니?"
머리 쓰다듬는다.

어머니

어머니 구십 되시던
2003년 1월 7일
파란 하늘 문 열고
그리도 좋다는 편안한 집으로
이사를 가셨다.
서산 땅 홀로 지키던 아버지도
함께 이사를 하셨다.

아버지가 새집으로
이사하신 날
그리도 하얀 눈이
펑펑 내렸다.

서른한 살 나이에
나를 낳은 어머니,
그 자식이 일흔 고개를
넘어서고 있다.

이사 간 곳 평안하신지

두 분 싸우시지는 않는지
어머니가 늘 하던 걱정
이젠
내가 하는 나이가 됐다.

고마운 아내

아내는 26세 꽃다운 나이에 내게 시집을 왔다. 하늘이 미리 정해 준 인연인지라 결혼을 약속하고 한 달 만에 식을 올렸다. 짧은 시간 내에 이뤄진 일이지만, 우리는 그 소중한 인연을 지금껏 잇고 있다.

아내는 학창 시절 친한 친구의 동생이다. 친구네 집에 놀러 가면 오빠, 동생 하며 아무런 거리낌 없이 편하게 지내던 사이다. 나는 친구와 동거는 아니지만, 같이 서울에서 생활하고 있었는데, 지금의 아내가 서울에서 직장을 다니기 시작하면서 가끔 우리들 밥을 챙겨 주곤 했다. 이후 친구가 정식으로 나서서 아내와 나는 선을 보았다. 집안부터 시작해 서로 간의 사정을 너무나 잘 알고 있어서, 더 이상 알아볼 사항도 없이 마음만 맞으면 되었다. 우리는 선을 본 며칠 뒤 다방에서 만나 결혼을 약속했다.

당시 서울에 조그만 집이 한 채 있었는데, 이를 처분하고 부천으로 갔다. 친척 분이 부천에서 건축 일을 하고 있었는데, 부천 집을 소개받아

이사하게 된 것이다. 허허벌판에 지은 새집이라 약간은 을씨년스러운 분위기가 났다. 집이 채 정리도 되지 않은 겨울 12월 23일 우리는 결혼을 했다.

모두가 어려운 시절인 만큼, 내 주위에 집을 갖고 결혼하는 사람이 흔치 않았다. 시골집과 땅을 팔아 서울로 올라오면서, 작은 오두막집이라도 하나 사서 생활한 것이 결혼 밑천이 되었다. 아내와 나는 부천의 새 집에서 나름의 결혼 생활을 시작할 수 있었다.

장가를 든 후에도 어머니는 내 건강만을 걱정하셨다. 아내에게 좋은 것만 해 먹이라고 신신당부를 했으나, 내 월급으로는 쌀과 연탄을 사고 나면 남는 돈이 별로 없었다. 때로는 구멍가게에서 외상도 하고, 남들처럼 어렵게 살았다. 그래도 아내는 불평 한번 하지 않고 조금씩 저축도 하며 알뜰살뜰 살림을 했다. 뿐만 아니라 가내공업 일터에서 꽃을 만든다든지, 수출할 소규모 액세서리 만드는 일을 하면서 용돈 벌이도 했다. 생각할수록 너무 고마운 아내다.

우리는 이렇게 몇 년간 모은 돈으로 부천에서 조금 큰 집으로 이사할 수 있었다. 그리고 얼마 지나지 않아 아들 녀석이 초등학교에 입학했다. 학교 문제도 있었지만 내가 다니는 직장도 멀어진 탓에, 우리는 신림동으로 이사하기로 마음먹었다.

서울로 이사 오니, 다시 새로운 생활이 시작되었다. 우선 내가 다니던 직장을 그만뒀다. 식구들 모두 살림을 늘리기 위해 고생하고 있었지만, 내게는 또 다른 뜻이 있었다. 바로 사업을 해야겠다는 결심이 선 것이다. 사업 초창기가 다 그러하듯 가정 살림에 압박이 왔지만, 아내가 잘 견뎌 준 덕택에 큰 시련을 무사히 지날 수 있었다. 그리고 우리의 생활도 차차 나아졌다.

그러던 중 아내가 30대 중반에 원인조차 명확하지 않은 루마티스 병에 걸렸다. 매일매일 진통제로 하루를 버텼으니, 아내의 아픔이 어떠했겠는가. 통증이 너무 심해 양 무릎, 어깨, 팔 심지어 발가락까지 인공관절 수술을 했다. 수술 후에도 아침이면 몸이 뻣뻣하다고 실랑이를 벌

이다, 진정되어야 하루를 시작할 수 있었다. 지금은 약이 좋고, 아내 스스로 식이요법을 터득하여 거의 통증이 없으니 다행스러운 일이 아닐 수 없다. 예전과 달리 정말 아주 건강한 편이다.

사랑하는 아내와 함께 있을 때, 나는 아내의 수행비서다. 힘든 일이 있으면 눈치 빠르게 도우려 애쓴다. 결혼 초기부터 고생을 많이 한 아내. 지금은 경제적으로 어느 정도 여유가 생겨, 형제·자식한테 베풀며 행복해하는 아내의 모습이 참 보기 좋다. 만사가 만족스러울 수는 없고, 가끔은 뜻하지 않게 오해를 불러일으키지만, 우리 부부는 처지에 맞게 행동하려고 노력한다.

지금껏 내 곁에서 버팀목이 되어 준 아내가 고맙다. 남은 생애도 사랑하는 아내와 함께 걸어갈 생각을 하니 든든하다. 손자·손녀의 애교와 재롱을 보면서 손잡고 늙어 갈 수 있음이 감사하다. 앞으로도 서로의 건강을 챙겨 주며 행복하게 살 것이다.

아내

수줍어
고향 길 돌아설 때
꽃다운 26세
물오른 나이

나 하나 보고
해님, 달님 보고
지나간 40년,
하늘 보며
눈물짓던 세월

아들, 딸 낳아
세어진 얼굴
손자, 손녀 다섯 명
굽어진 허리

미안한 마음에
가는 세월 잡아 주고 싶어
자꾸만, 자꾸만

손을 젓는다.

40년 같이 한 아내여,
우리
저승도 손잡고
같이 가자구.

편한 얼굴

동그란 얼굴
황소 같은 눈동자

네모진 얼굴
박속 같은 이

계란 같은 얼굴
오뚝한 코

매일 보는 얼굴들
편한 얼굴.

병원

의사 말 한마디에
지옥과 천당을 오간다.

병원에는
지옥에서 천당으로 가는
천당에서 지옥으로 가는
구름다리가 있다.

구름다리 공사
누가 하나?

의사는 설계사,
일은 나보고 하란다.

떡

수수팥떡 먹고
자란 키,
떡 키.

밥보다 떡,
떡보.

마트 갈 때마다
영수증에 박힌
떡 5천 원,

떡 먹고
늘어난 몸무게.

이만하면 나는
왕 떡보.

자취 생활

　나는 중·고등학교 약 6년 동안 읍내에서 떨어진, 뒤뜰에는 대나무가 우거지고 아주 조용한 기와집에서 자취를 했다. 다행히 자취집 아주머니와 아저씨는 마음이 착한 분들이었다. 집주인 내외는 사랑이 깊고 다정한 부부였는데 자식이 없었다. 그래서인지 나를 아들처럼 잘 대해 주었다. 하지만 가끔 아저씨가 약주를 하고 오는 날이면 소리가 높아졌다. 자식이 없는 것이 아주머니 탓이라며 소리치는데, 그때마다 아주머니는 얼굴색이 변하고 어찌할 바를 몰랐다.

　자취하면서 제일 어려운 문제는 먹을 것을 해결하는 일이었다. 쌀은 그렇다 해도 반찬과 땔감을 구하는 것이 가장 힘들었다. 예전에는 시중에 라면이 없었고, 다른 것을 먹으려 해도 주머니에 동전 한 푼 없으니 어쩔 도리가 없었다. 그 시절 시골에서는 기름이나 가스, 연탄이 있는 것도 아니고 순전히 땔감으로 해결하는 수밖에 없어 방에 불을 때는 것도 큰 일이었다.

주말에는 시골집에 갔는데, 자취하는 집으로 돌아올 때 어머니가 챙겨 주는 약간의 반찬과 땔감이 전부였다. 어머니에게 받아 오더라도, 자취집까지 들고 오는 것이 문제였다. 땔감은 오가는 트럭이 있으면 싣고 오는 방법이 있었으나, 트럭이라는 것이 정기적으로 있는 것도 아니고 어쩌다가 한 번 운행했다. 그리하여 일요일 오후만 되면 집 앞에서 트럭이 지나가기만을 기다렸다. 쌀이며 땔감, 반찬 꾸러미를 싼 보따리를 들고 무작정 쭈그리고 앉아 있는 수밖에 없었다.

그나마도 트럭 운전기사 아저씨가 태워 주면 다행이지만, 그냥 지나가 버리면 그 무거운 짐을 어깨에 메고 버스가 다니는 길까지 걸어가야 했다. 무겁다고 땔감을 안 가져가면 어머니가 머리에 이고 가져다주시기 때문에 아니 가져갈 수도 없는 노릇이었다. 당시 어머니의 고생도 이만저만이 아니었다. 땔감을 이고 10km 이상을 걸어오신 걸 알았을 때, 감사하단 말씀 한번 못 드리고 무심했던 것이 지금 와서는 무척 후회가 된다. 또다시 그 길로 집까지 홀로 걸어가셨을 어머니를 생각하면 가슴이 아프다.

운 좋게 트럭을 타는 날엔 뒤 칸에 짐을 싣고 앉아 가다가 파출소나 검문소를 지날 때면 바닥에 납작 엎드려 몸을 숨겨야 했다. 트럭 뒤 칸에 사람이 타는 것은 규범 밖의 일이었기 때문이다. 하지만 이것은 전혀 힘든 일이 아니었다. 시골집은 자갈이 깔린 도로여서 먼지가 굉장히 많은데, 하얀색 교복을 입고 먼지를 뒤집어쓰는 경우가 허다했다. 힘겹게 자취집에 도착하면 모든 짐을 벗어던진 것처럼 몸이 가벼웠다.

자취집에서는 대개 한 방에 2~3명 정도가 같이 생활하는데, 한 명 정도는 친척이고 나머지는 동네 선배나 후배다. 나의 룸메이트는 거의 선배여서 궂은일은 모두 내가 도맡아 하는 신세가 되었다. 보통 세 명이 협동해서 쌀이며 반찬, 땔감 등을 구해 오는데 이마저도 선배들은 귀찮다며 하지 않을 때가 잦았다. 밥을 짓는 당번을 정해 놓아도 마찬가지로 선배들은 안 하면 그만이었고, 배고픈 내가 먼저 나서서 밥을 지었다.

룸메이트 셋이 일요일에 가져온 반찬 중 맛있는 것은 보통 화요일도 못 가서 동이 난다. 많이 먹지도 못했지만, 먹어도 뒤돌아서면 배고픈 때였다. 화요일부터는 어김없이 고추장이나 장아찌로 끼니를 때워야

했다. 금요일쯤 되면 그것마저 떨어져 소금을 먹는다. 소금 반찬은 가마솥에 왕소금과 통깨를 넣고 달달 볶은 것인데, 밥을 한 수저 떠서 소금을 쿡 찍어 먹는 게 전부다. 집에 가는 날은 밥밖에 안 남아서 숭늉을 만들어 먹기도 했다. 지금에 와서는 모든 게 추억이지만, 자취 생활을 하던 그때는 혼자 헤쳐 나가야 할 일들로 버거운 마음이 들기도 했다.

시골에서는 대개 마당에서 화덕으로 밥을 짓는다. 밥을 하다가 갑자기 비라도 내리면 처마 밑으로 피신하는 경우도 꽤 있었다. 비를 피해 화덕을 옮기고 다시 불을 지피는 과정에서 밥이 엉망이 될 때면, 한쪽은 익고 다른 쪽은 생쌀이어서 배탈이 나기 일쑤였다. 그때마다 소금 한 줌 입에 털어 넣고 물을 꿀꺽꿀꺽 마시면 신기하게도 배탈이 가라앉았다.

한편 우리 앞집에는 여학생들이 하숙을 했는데, 마당에서 밥을 짓고 있으면 괜히 기웃거리거나 조잘대곤 하였다. 그중 기와집에 사는 동년배 학생이 있었다. 예쁘지는 않지만 이목구비가 뚜렷하고 야무지게 생긴 학생이었다. 그 집 앞을 지나 학교에 갈 때면 여학생이 삐걱 대문을 열고 나오는 것이다. 그때는 그 여학생의 마음을 전혀 알지 못했고, 말도 한마디 못 했다. 지금은 얼굴조차 기억이 가물가물하다. 여학생과 교제를 하면 학교를 다니지 못하는 줄로만 알았던 때라, 여학생과의 추억이 하나도 없는 것이 조금 아쉽다. 하지만 당시 중학생이었던 고등학교 동창의 여동생을 아내로 맞았으니, 나는 참 복이 많은 것 같다.

이 밖에도 자취 생활은 힘들지만 재미있는 사건이 늘 있었다. 남은 이야기는 다시 글을 쓸 기회가 되면 더 하기로 한다.

엄마 얼굴

길고 네모진 얼굴에
이마는 운동장이다.
오뚝한 콧날에 하얀 이
그리고 앵두 같은 입술
아빠도 좋아했겠지.

흰머리 끝 주름은
깊고 얇은 밭고랑처럼
따뜻하다.

흰 눈썹 하나 나불나불
바람에 날리면
깊게 파인 까만 눈동자
세월처럼 희미하구나.

고양이 수염 같은 눈가 주름은
사 남매 키운 훈장일까

함박눈 펑펑 오던

2003년 1월 7일
저승 가기 싫어
내 손 꼭 잡았나

사 남매
흰 천 사이에 두고
이별을 했다.

오늘따라
엄마 얼굴이 내 눈앞에 있다.

엄마만

바람조차 기척 없는
조용한 여름낮에
망아지 울음소리 음매—
시골을 깨운다.

마당에 삽살이도
괜히 멍멍!
아버지 단잠을
깨운다.

엄마만
밭에서 돌아와
마당에 호미
휙,
던진다.

지팡이

엄마 배 속에서 나와
뒤집고 배밀이하고
네발로 기다가
엄마 걱정 먹으며
두 발로 지내다가

엄마가 떠날 때
지팡이 하나 주시며 하신 말
"애야, 이것 쓰려무나."
신문지에 똘똘 말아
마루 시렁에 놓았다.

노랗게 변한 신문지
하얀 먼지가 소복이 쌓여 있다
지팡이 꺼내 손에 잡으니
엄마 손길이 와 있다.

통학

　나는 시골 초등학교를 졸업하고 읍내에 있는 서산 중학교에 입학했다. 새로운 교복을 입고 모자를 쓰고, 필요 없이 책을 많이 가지고 다니면 공부 잘하는 것처럼 보이므로 무거운 가방을 이손 저손 바꾸면서 학교에 가곤 했다. 우리 집에서 버스를 타는 곳까지는 한 3~4km이므로 30분 넘게 걸어가야 했는데, 그때는 자갈을 깐 도로여서 걸어가기도 꽤 불편했다. 버스를 타고 읍내 초입에 내려, 다시 3km 정도 걸어야 내가 다니는 학교가 있었다.

　그때만 해도 읍내의 중학교를 다니는 것은 대단한 자랑이어서 동네 어르신들의 칭찬이 대단했다. 그리하여 10km 이상의 거리임에도 불구하고 불평은 전혀 없었고, 그저 부모님께 감사한 마음과 열심히 공부해야겠다는 생각뿐이었다.

　그러나 겨울에는 날씨도 춥고 낮 시간이 짧아 어쩔 수 없이 읍내 산 밑의 단칸방에서 자취를 했다. 여름날엔 작심을 하고 일찍 일어나 집에

서부터 학교까지 걷곤 했는데, 그럴 때면 이마에 구슬땀이 송송 나고 모자를 벗으면 하얀 김이 모락모락 피어올랐다. 자전거를 타고 통학하는 학생들도 있었는데, 얼마나 부러웠는지 모른다. 자전거 뒤에 가방을 싣고 쏜살같이 내닫는 모습을 보면 신기하기도 하고, 바람을 제치는 기분이 참말로 좋을 거라는 상상만 했다. 그러나 우리 집은 자전거를 살 형편이 아니어서 자전거를 사고 싶다는 말을 입 밖으로 꺼낼 수 없었다. 학교에 다니는 학생이 그리 많지 않은 동네에서 공부할 수 있다는 것만으로 감지덕지할 때였다. 그저 열심히 공부해 월말고시에서 전 학년 중 1등을 했다.

그때 학교에서는 매달 월말고사를 치렀는데, 학년 전체 1등을 하면 학비가 면제되었다. 그래서 죽기 살기로 외우고 쓰고 공부했으나, 불행하게도 3년간 전교 1등을 한 것은 딱 한 번뿐이었다. 그것도 코피 터지게 공부한 결과였다. 기쁜 소식을 집에 알리지 않고, 공돈을 어찌 쓸까 궁리하던 차에 읍내에서 제일가기로 소문난 국화빵을 먹기로 결심했다.

시골 태생인 나는 국화빵이 어떤 맛인지, 어디서 파는지 알 길이 없었다. 그래서 국화빵을 먹어 본 경험이 있는 친구를 포함해 친한 친구 몇 명에게 내가 국화빵을 산다고 하여 말로만 듣던 국화빵 집을 갔다. 그러면서도 국화빵을 시키고 돈이 모자라면 어쩌나, 친구들이 계속 국화빵을 더 시키면 어쩌나 하는 걱정이 앞섰다. 노심초사하던 중 국화무늬가 있는 동그란 국화빵이 나왔다. 한입 베어 물었을 때, 따뜻한 온기와 달콤한 맛은 환상이었다. 먹어 보지 않은 사람은 모를 거다. 국화빵을 먹고 집에 돌아와서도 그 맛에 취해 눈앞에 국화빵이 동글동글 굴

러다닐 정도였다.

　그후 가끔 나는 일부러 버스를 타지 않고 남은 돈으로 국화빵을 사 먹었다. 방과 후 혼자 몰래 국화빵 집으로 갔다. 의자에 앉아 먹는 것이 아니라, 신문지 봉지에 싼 국화빵 몇 알을 책가방에 넣고 누가 볼세라 잰걸음으로 시골집을 향해 갔다. 가던 길에 고이 모신 국화빵을 어느 정자나무 밑 호젓한 자리에 앉아 펼쳤다. 그러고는 국화빵을 한입에 먹지도 못하고 쪼개고 쪼개서 먹곤 했다. 그렇게 아껴 먹어도 자꾸 봉지 속 국화빵 숫자는 자꾸만 줄어들었다. 그러면 결국엔 "에라, 모르겠다!" 한입에 한 알을 넣고 국화빵 맛을 음미했다. 행복했다.

　그러나 버스를 못 탄 밤길은 조금만 방심하면 어둠이 짙게 깔려서 상당히 무서웠다. 어둡기 전에 집에 도착하기 위해 재걸음도 하고, 언덕 내리막은 마구 뛰어 내려갔다. 어느 때에는 극성스럽게 짖어대는 개들

때문에 등에 오싹 땀이 흘렀다. 여학생들은 대부분 긴 거리를 통학하지 않는데, 운 좋게 하얀 칼라의 교복을 입은 여학생을 보면 잰걸음으로 쫓아가 일정한 거리를 유지하며 그 여학생 뒤를 따라 걷기도 했다.

장마철에 비가 오고 바람이 세차게 불면, 변변치 못한 우산은 산산조각이 나기 십상이었다. 그럴 때에는 차라리 가방만 비에 젖지 않게 하고, 비를 맞으며 걸었다. 운동화에 물이 차서 걸을 때마다 찌걱찌걱 나는 소리가 좋았다. 낭만이 있어서가 아니고, 현실이 그러하니 그 현실을 즐기려고 노력했던 것 같다.

그러나 걸어서 통학을 할 때, 발이 아프거나 무서운 감정이 나를 제일 힘들게 한 것은 아니다. 토요일 오후 반찬도 없는 자취방에서 밥에 물이나 소금을 반찬 삼아 간단히 먹고 10km 이상을 걷다 보면, 반도 못 가서 배가 고팠다.

어느 날은 추석이 며칠 남지 않은 때였는데, 집에 오는 길에 있는 떡 방아 집에서 떡을 빼고 있었다. 김이 무럭무럭 나는 떡을 보니, 창자가 위아래로 용솟음을 쳤다.

'가서 조금 달라고 할까? 주면 좋지만 안 주면 어쩌지?'

한참 고민을 했지만, 우리 집 식구는 누구에게 폐를 끼치는 일이 없어 한참 동안 쳐다만 보고 집으로 왔다.

지금도 자식들에게 그 이야기를 가끔 한다. 그 떡을 못 먹은 것은 죽어서도 잊지 못할 만큼 안타깝고 서글픈 기억이다. 가끔 생각나는 그때, 문득 떠오르는 그 시절. 좋은 일보다 서글픈 기억이 더 많지만, 이러한 추억을 가지고 있다는 것이 다행이고 행복이라고 믿는다.

시골집

어릴 적 내가 살던 시골집 뒤에는 언덕이 있었다. 그 언덕을 내려가면 모래사장 끝에 바다가 펼쳐졌다. 나는 가끔 오솔길 따라 언덕을 내려가곤 했다. 곳곳에 왕모래 등 갖가지 종류의 모래들이 있어서, 특히 여름이면 더욱 즐겁게 놀 수 있었다. 더불어 넘실대는 파도를 가르는 바닷바람은 참으로 시원했다.

우리 집은 면사무소를 지나 파출소를 거쳐 오르막길에 있었다. 어르신들은 언덕이 제법 높은 마을을 재박이라 부르기도 했다. 아랫마을에서 친구와 놀고 있으면, '재박이 세호'라고 부르며 감자와 옥수수 삶은 것을 주셨다. 나는 지금 생각해도 재박이라는 마을 이름이 마음에 든다.

면사무소 마당에서 친구들과 자치기도 하고, 짚으로 만든 공을 차며 놀기도 했다. 한참을 놀다가 저만치서 트럭이 오면, 우리는 일렬로 서서 트럭이 지나가기만을 기다리다가 우르르 차에 매달렸다. 무거워진 트럭은 언덕을 잘 넘을 수 없어 연통에서 시커먼 연기를 내뿜기도 하고, 연거푸 하얀 먼지를 일으키기도 했다. 운전하는 아저씨의 경적 소리에도 아랑곳하지 않고, 우리는 고개 너머까지 트럭에 달라붙어 갔다. 아저씨는 단념하고 오히려 우리가 위험할까 봐 속도를 늦추기도 했다.

겨울이면 눈이 무척이나 많이 내렸다. 한번 눈이 내리면 쉽게 녹지 않았다. 언덕길은 금세 얼음 빙판길이 되었다. 몇몇 친구는 나무와 철사로 썰매를 만들어 탔고, 나는 어른들 몰래 가마니를 가지고 나와서 신나게 썰매를 탔다. 우리끼리 순서와 규칙을 정하고 정신없이 타다 보면 겨울인데도 땀이 뻘뻘 난다. 썰매를 타다가 논에 빠지면 엄마가 입혀 주신 솜바지가 온통 젖는데, 그래도 우리의 웃음은 가시지 않는다. 우리 동네 재박이가 겨울이면 천연 썰매장이 되는 것이다.

여름과 가을에는 학교를 파하고 집으로 돌아오자마자, 책보는 방에 던져 놓은 채 친구들과 바다에 갔다. 호미랑 바구니를 어깨에 메고 가서 빨이고둥, 게, 설게 등을 잡았다. 한번은 바구니 가득 빨이고둥을 잡아 집으로 왔는데, 어머니가 가마솥에 물을 붓고 삶아 주셨다. 고둥을 먹으려면 작은 돌과 망치가 필요하다. 고둥의 꽁지 부분을 망치로 친 뒤, 입으로 빨아 먹으면 신기하게도 그 알맹이가 입 안으로 쏙 들어온다. 너무 많이 먹은 날은 배탈이 나서 고생도 많이 했다. 고둥 속의 파란 부분이 창자인데, 그것까지 같이 많이 먹게 되니 탈이 난 것이다.

가끔은 어업을 하는 집이 바다에 쳐 놓은 그물에서 고기를 잡기도 했다. 썰물 때가 되면 그물에 고기가 하얗게 달라붙었다. 몰래 바지를 걷어 올리고 바다에 들어가 그물에 붙어 있는 전어며 온갖 고기들을 잡고는 혼날까 봐 줄행랑을 쳤다. 일단 언덕 나무 뒤에 숨어 누가 쫓아오지

않나 살피며 집까지 왔다. 돌아와서는 운이 좋아 낚시를 했다며 맛있게 구워 먹었다. 부모님이 어선을 하는 친구가 있었기에 가능한 일이다.

모래사장에는 모래도 많지만, 큰 바위와 작은 바위가 솟아 어우러진 모습이 멋있었다. 우리는 바위 뒤에 숨어 숨바꼭질을 하기도 했다. 동네 사람들은 큰 바위 옆 모래사장 그늘에 앉아 음식을 나눠 먹기도 하고, 무더운 여름날에는 함께 피서를 즐기기도 했다. 정말 아련한 옛 추억이다.

지금은 그곳이 완전히 변했다. 낮아진 재박이에는 아스팔트가 깔렸고, 모래사장과 바다는 온데간데없이 사라졌다. 돈 많은 사업가가 바다를 막아 호수와 논으로 바뀌었다. 음식점이 서고, 바람에 휘청거리던 소나무도 이제 찾아보기 어렵다. 현대화 바람이 꿀꺽 삼켜 버렸다.

낚싯대 메고 망둥이 잡던 그곳, 모닥불 피우고 멍석에 누워 옥수수를 먹던 여름밤의 추억을 떠올리면 가슴이 뭉클해진다. 가만히 생각하면 하얀 구름처럼 피어오르는 추억들. 비록 예전의 모습을 찾아볼 수 없지만 마음속에라도 옛 추억이 간직되어 있어 다행이다. 앞으로도 기억의 뚜껑을 열어 옛 시절을 나란히 펼쳐 보리라.

고향 서산

가슴이 설렌다.

앞에는 팔봉산
멀리 가야산

서해 바다
크고 작은 해수욕장
푸짐한 해산물
새우, 낙지, 해삼, 우럭……

줄줄이 서 있는 차량
예쁜 펜션들.

붉게 물든 석양
줄 잇는 모래사장.

상서 서
뫼 산.

마냥

엄마 생각엔 마냥
눈물이 난다.

손자 생각엔 마냥
예쁘고 기쁘다.

아내 보면 마냥
미안하고 안쓰럽다.

자식 보면 마냥
잘해도 걱정이다.

마냥,
내 등에 지고 가야지
딸려오는 짐도
하나 더해 매고 가야지
힘 있게 저 고개 넘어가야지.

우정에 관한 소견

우정 하면 중국 춘추시대 제나라의 관중과 포숙을 이야기한다. 이를 두고 '관포지교'라는 고사성어가 생겨났다. 두 사람 사이의 우정이 영원히 변치 않아 후대에까지 내려온 것이다. 서로 어려운 처지를 이해하고 자신의 이익보다 친구를 먼저 생각할 때 적용되는 이야기라 하겠다. 우정은 예나 지금이나 변함없이 참된 예로 전해진다.

살벌한 현대사회에서는 우정을 논하는 것이 불필요하게 느껴질 수 있다. 나조차도 학교를 졸업하고 사회생활을 한 지 40여 년이 훌쩍 넘었지만, 직장을 다니거나 회사를 경영하면서 친구에게 깊은 정을 느끼는 경우는 손가락에 꼽을 정도이기 때문이다. 그나마 어린 시절 철없이 뛰놀던 옛 친구가 많고, 그 친구들과 우정을 지키고 있는 것이 전부다. 각자 가정을 꾸리고 사회생활을 하다 보면 차차 멀어지기 십상이다. 우정을 운운하다가도 시간이 지나면 서로 잊게 된다. 현대사회에서의 우정은 연계되는 끈이 있어야 지속되는 이유에서다.

학교 친구나 고향 친구는 살면서 밀접한 관계나 연계가 없더라도 서로의 사정을 잘 알기 때문에 오랜만에 만나도 어색하지 않고 거리낌도 없다. 또 인생 초년병 때의 직장 친구도 어려운 여건을 함께 동고동락한 사이인지라 고향 친구 못지않게 친하게 지낸다.

내가 생각하는 친한 친구는 첫째, 반말을 하는 친구다. 예의를 어느 정도 지켜야 하겠지만 서로 존대하면서 친하기는 한국의 정서상 좀 맞지 않는다. 둘째, 서로의 가정사를 공유하는 친구다. 친한 친구끼리 서로의 가정에 대해 전혀 모르는 것은 우정을 운운하기에 부족한 면이 있다. 최소한의 가정환경을 알고 지내는 정도가 필요한 것이다. 셋째, 서로의 자리에서 협력하고 이해할 수 있는 마음가짐이 요구된다. 예를 들어 경제적인 상황이 허락되면 부담 없이 도울 수 있는 사이를 말한다.

2014. 12. 26.

　위에서 말한 우정의 세 가지 조건은 사실 개인마다 차이가 있고 우정의 깊이가 다른 탓에 섣불리 판단하기 힘들다. 우정은 뭐라 한마디로 단정 짓기도 어렵고 복잡하기 때문이다. 나 역시 지금까지 살아오면서 다양한 친구들을 만났고, 그중에는 절친한 사이도 많다. 그러나 친구 개개인을 하나하나 언급하기는 좀 그러하여 일반적인 우정에 관해 잠시 생각해 보았다.

　우정이야말로 인생의 휴식처라 할 수 있다. 물론 친한 사람과 사업을 하면서 돈 문제로 멀어진 적도 있고, 빌려간 돈 때문에 행방이 묘연해지는 친구도 가끔 있다. 그러나 아직까지 배신이라 말할 만큼 큰 사례가 없다는 것만으로도 나에게는 다행한 일이다. 우정을 지키며 살아가는 사회, 그것이 정상적인 사회다.

친구

찌르릉, 전화 한 통
평안하단다
어제가 오늘 같다는
친구의 말
감기가 걸렸는지
목이 쉬었다.

언젠가
나이 든 딸 걱정에
노심하던 그
핏기 없는 얼굴의 미소를
잊을 수 없다.

악수하고 돌아서는 뒷모습
터-덕, 터-덕
힘이 없다
고개 숙인 나도
덩달아 기운이 없다.

마루와 아이비

2010년 4월경 우리 가족은 진돗개를 키우고 싶어 인터넷으로 찾아보았다. 그리하여 최종으로 선택된 진돗개가 마루다. 마루는 족보에 등재하기 위해 가족회의 끝에 결정된 이름이다.

마루는 우리 가족이 되기 위해 진도에서 고속버스를 타고 서울까지 왔다. 엄마를 떠나 많이 섭섭하고, 배도 고팠나 보다. 또 차멀미로 심한 고생을 한 것 같았다. 손녀딸 소민이가 밥을 주네 우유를 주네 법석을 떨어도 쳐다보지 않고 내 품에서 떨고만 있었다. 이것이 우리의 첫 만남이다.

4년이 지난 지금, 서산에 내려갈 때마다 한 달에 서너 번 만나는 게 고작이지만, 나만 보면 좋아서 정신없이 날뛴다. 날뛰다가 쏜살같이 산으로 달려가기도 하는데, 내가 "마루!" 한마디만 외치면 어느새 숨찬 모습으로 내 곁에 있다. 매일 밥을 주는 아주머니보다 나를 따르니, 더욱 정이 갈 수밖에 없다.

그렇게 마루를 키우다가, 마루가 혼자 외로운 것 같아 다시 경기도 양평에 있는 개 분양소를 찾았다. 그곳에는 수십 마리나 되는 여러 종류의 개가 새 주인을 기다리고 있었다. 그중 원산지가 영국이라는 '골든리트리버'가 내 눈에 들어왔다. 금빛 털이 반짝이고 자태가 훌륭한 그는 순하기까지 했다. 오래 고민할 필요도 없이 그를 선택했다. 생후 7개월쯤 된 개였다. 내가 운전하고 서울까지 매형이 안고 왔는데, 옷이 온통 털 범벅이 될 만큼 고생을 했다.

우리 가족은 다시 한자리에 모여 이름 짓기에 돌입했다. 많은 이름이 후보로 올랐지만, 결국 내가 예뻐하는 손녀딸 소민이의 영어 이름으로 결정됐다. 그게 바로 아이비다. 그래서인지 소민이는 아이비한테 정이 많다. 아이비는 몇 주간 서울 집에서 지내다가 서산 집 마루가 있는 곳으로 이사했다.

처음에는 서로 으르렁거리며 싸우지는 않을까 걱정을 많이 했다. 마루가 있는 우리에 함께 들여놓고 모두들 긴장하며 바라보았다. 둘은 코를 킁킁거리며 한참을 탐색하더니 서로 꼬리를 흔들며 놀기 시작했다. 함께 잘 지내기로 약속을 한 것 같았다. 그제서야 나는 '아! 되었다!' 하고 안심을 할 수 있었다.

햇살 내리쬐는 봄날 잔디밭에서 마루와 아이비, 그리고 내가 함께 뒹굴면 그들은 천국의 놀이터인 양 흥분한다. 그러한 나머지 나를 물은 적도 있다. 가족을 그리워하는 것 같아 새끼를 낳게 하려고 마루에게 여러 번 교배를 주선했지만, 수컷에게는 관심이 없어 아직도 새끼가 없다. 마루의 눈빛이 '나는 결혼 안 하고 아빠와 함께 늙어 죽겠노라'고 말하는 것만 같다. 한편 아이비는 새끼 아홉 마리를 낳아 두 마리가 죽고,

일곱 마리는 잘 키워 지인들에게 분양했다.

서산 집은 약 3천 평이다. 3층 양옥으로 지었고, 잔디밭도 200평 정도 된다. 봄이 되면 앞으로 뒤로 수만 송이 꽃들이 피어 가히 장관이라고들 한다. 개나리, 꽃잔디, 연산홍, 장미, 들꽃 등이 흐드러지게 핀 봄의 경관은 물론 하얀 눈 속에 파묻힌 겨울의 풍경까지, 사계절이 아름다워 낭만에 젖게 한다. 그곳을 지키는 마루와 아이비는 나의 친구이

자 자식과 같은 존재다.

내가 서산에 거의 도착하면 자동차 엔진 소리만 들어도 주인이 오는 것을 아는지 기분이 좋아 날뛴다고 한다. 마루는 영리한 데다가 날쌔서 꿩도 잡고 뱀도 잡고 쥐도 잡는다.

오늘도 마루와 아이비의 밥을 챙겨 서산으로 내려간다.

기다려라! 아빠가 간다!

이름 모를 새

베란다 난간에
아슬아슬
쪼르르, 쪼르르
줄타기하나?

수줍은 날개로
푸드득—
얼굴을 가린다.

한 발 들고
고개 갸우뚱
재주도 부린다.

옥수수

마당 귀퉁이
옥수수 몇 그루
목마를 때를 맞춰
단비가 내린다.

밤새 장맛비 맞고
뽀루룩,
길게 자라난 수염이

올챙이처럼
볼록한 옥수수 배
슬며시 가려 준다.

바람

싱— 싱—
언덕 위 우리 집
먼저 찾아와서

나뭇가지 빨래
흔들흔들
밀어 보고.

땡그랑
방울종도
한번 쳐 보고

아랫마을 밀밭을
휘감고
돌아간다.

팔봉산

충청남도 서산시 팔봉면에 우뚝 선 팔봉산은 서산 읍내에서 12km 정도 떨어진 곳에 위치하고 있다. 우리나라에서 중국 땅이 가장 가까운 지역이 바로 서산이다. 옛날에는 서산에 항구가 있어 중국으로부터 천주교, 불교 등 종교가 이곳을 통해 들어왔다. 그 역사 가운데 자리 잡은 것이 바로 팔봉산이다. 봉우리가 여덟이어서 팔봉산이라 이름 붙여졌다. 북쪽에서 제1봉이 시작되어 남쪽 끝까지 총 여덟 봉이다. 어느 봉은 뾰족하고 어느 봉은 시골 아줌마가 철퍼덕 앉아 있는 모양처럼 밋밋하다.

나는 가장 높은 상봉의 아랫마을 작은 집에서 살았다. 어린 시절 상봉을 올려다보면, 어느 때는 생긋 웃고 어느 때는 먹구름 속에 잔뜩 성난 얼굴을 하며 무섭게 쳐다본다. 동네 친구와 마당에서 자치기를 하다가 보면, 산은 너털웃음을 지으면서 하얀 구름을 띄우거나, 우리 이마에 맺힌 땀을 식히려고 시원한 바람을 보내 주기도 하는 것이다.

지금 생각하면 지게를 지고 산에 올라가 나무를 잔뜩 베어 내려온 일이 너무 미안하다. 지게에 가득 짊어지고 끙끙대고 내려와 구들장을 따뜻이 했으니 고맙기도 하다. 간혹 차를 타고 가다가 팔봉산 앞길을 들르곤 하는데, 그 많던 검고 커다란 돌들이 하나도 보이지 않는다. 검푸른 소나무 숲에 가려 산등성이와 골짜기도 볼 수 없다.

봄에서 가을까지 팔봉산은 서산에서 제일가는 등산로로 알려져 있다. 보통 밋밋한 언덕길에서 시작해 계단을 오르고 바위를 타고 제일 높은 상봉을 지나 세 시간 가량 산행을 한다고 한다. 나이가 든 지금 풀코스를 산행하라면 할 수 있을까? 아마 일찍 출발해 여러 번 쉬면서, 시원한 산들바람에 오수를 즐기고 막걸리도 한 잔 걸치며, 해질 무렵에 계단을 밟고 내려온다면 성공한 것이다. 한번쯤 풀코스에 도전하고 싶다.

2013년 10월 10일, 우리 회사 창립 30주년 기념일에 팔봉산 제1봉에서 출발하는 등산을 했다. 제1봉은 경사가 가파른 데다가 위험한 바위가 많아, 계단으로 등산로를 만들었다. 계단에 발을 디디고, 팔은 난간을 힘 있게 잡았다. 한 계단씩 오르기 시작하는데 진땀이 났다. 생각보다 정말 너무 힘들었다. 그런데 소민이(손녀)와 준원이(손자)는 산삼을 먹었는지 나를 앞질러 상봉까지 갔다. 손주들이 상봉바위 밑에서 자리를 펴고 싸 온 도시락을 먹을 때, 이것을 본 주변 사람들의 칭찬이 자자해서 둘은 콧노래를 부르며 파이팅을 외쳤다고 한다.

나는 쉬고 또 쉬면서 겨우 제2봉 삐쪽바위까지 올라갔다. 그때부터 어깨가 아파 더 이상 올라갈 수 없었다. 그 자리에서 막걸리 한 잔과 함께 점심을 먹었다. 시원한 바람이 연신 내 얼굴을 스쳤다. 어린 시절 친구들과 놀 때도 우리와 함께해 주던 바람이, 온통 땀으로 젖은 노년이

된 지금의 내 몸을 시원하게 휘감았다. "이게 얼마 만이오? 60년도 넘었군. 자주 오지, 왜 그리 무정한가? 그동안 평안히 지냈는지!"라고 바람이 속삭이는 것만 같았다.

팔봉산 허리에 서면 아래로 작은 동산이 내려다보인다. 6년간 다니던 초등학교가 눈앞에 펼쳐진다. 학교 다닐 때는 그리도 커 보였던 학교가 이제는 왠지 작게만 보인다. 또 높디높던 나무가 저만치 작은 아기 나무 같다.

학창 시절 아름드리 벚나무에 벚꽃이 피면 학교 전체가 하얀 벚꽃 대궐 속에 묻힌 듯했다. 벚꽃이 바람에 날리면, 넓은 운동장은 하얀 꽃으로 치장하느라 분주했다. 그런데 어느 날 다른 분도 아닌, 바로 우리 고모부가 학교의 교장 선생님으로 오셨다. 교장 선생님은 벚나무가 고목인 데다가, 벚꽃은 일제의 잔재라고 말씀하셨다. 그리하여 그 많던 벚나무를 자르고 다른 나무를 심어 마음이 아팠던 기억이 난다.

철따라 변하는 팔봉산. 봄이면 꽃들이 지천으로 피고, 이름도 알 수 없는 새들이 합창하는 산이다. 그래도 제일 으뜸은 소나무 숲이다. 일백 년 정도 된 소나무 숲길을 호젓이 걸으면 솔내음이 내 가슴을 파고든다. 그뿐이랴. 여름이면 우거진 녹음과 개울가의 시원함도 우리를 부른다. 가을이면 수채화를 그린 듯 절정인 단풍과 나비 떼처럼 노란 은행잎이 있어 그 아름다움은 이루 말할 수 없다. 또 겨울이면 소나무 푸른 잎에 하얀 학처럼 앉아 있는 설경이 입을 다물지 못하게 한다.

이렇듯 아름다운 산의 기운을 타고 자란 우리 친구들은 지금쯤 어디서 무엇을 하고 있을까? 그립다. 친구들과 어린 시절의 추억을 회상하며 평안한 팔봉산의 품에 안기고 싶다.

물

지구를 삼키는 물
흙더미를 뒤집는 물
하늘로 솟구치는 물
빙하에서 녹는 물
깊은 산속 재잘대는 물
실낱같이 끊어질 듯 잇는 물
댐 속의 평온한 물

그중에서도
가장 기운 좋은 생명수는
아기가 노는 시냇물.

성당

부천에 있는 친척 분이 집을 몇 채 지었는데, 잘 팔리지 않았다. 이를 계기로 우리 가족은 서울의 작은 집을 정리하고, 복사꽃 만발한 부천으로 이사를 가게 되었다. 마침 서울과 인천을 오가는 기차가 전철로 바뀌고 있었던 터라, 인천 지역에 누구나 관심을 가지고 있었던 때다. 부천에 살게 된 것은 어찌 보면 행운이었다. 어머니가 가지고 있던 돈과 내가 모은 월급을 합쳐서 작은 집 한 채를 살 수 있었다.

그러나 이사 온 이후 어머니는 퍽 외로워했다. 서울에서는 가까운 동네로 시집간 작은 누나와 자주 왕래하고 친구도 만나며 지냈으나, 부천은 환경이 달라 낯선 데다가 이웃과도 서먹했기 때문이다. 그때부터 어머니는 성당을 다니자고 말씀하셨다. 우리 집에서 성당은 그리 멀지 않았다. 어머니가 먼저 성당에 나가고, 같은 해에 영세도 받으셨다. 우리 가족은 어머니의 뒤를 이어 성당에 다니게 되었다.

성당에서는 청년, 장년, 사목회 등 갖가지 활동을 할 수 있었다. 나는 선교 활동을 하기 위해 레지오에 가입했다. 레지오는 성당 내 단체 중 전위 군대 조직이다. 성당의 대소사는 물론 신입 교우 그리고 선교, 냉담자의 집을 방문하여 성당에 나오도록 설득하는 일도 한다. 한편 규율이 제일 강한 단체이기도 하다. 주 1회 회의를 하는데, 레지오 교본을 바탕으로 진행된다. 교본에 제시된 내용을 따르지 않으면, 형제자매들로부터 질책을 받았다. 회의를 마치고 나면 술 한 잔 나누며 친목을 다졌는데, 술 때문에 자리가 늦어지는 날이면 성모님을 모시기보다 술자리를 한다며 면박하는 이도 있었다.

주일미사가 끝나면 레지오 단원들은 때로 봉사도 하면서 의미 있는

부천 심곡 성당
2014. 12. 5. - 세 -

활동을 찾아 나섰다. 어느 추운 겨울날이었던가. 어머니가 콩으로 손수 두부를 만들어 놓고 레지오 단원들을 초대했다. 단원 모두는 두부 맛에 반했다. 맛깔 나는 김치에 싸 먹는 두부가 오죽 맛있으랴. 워낙 어머니 손맛이 자자했던 터라, 이후에도 어머니는 여러 차례 직접 두부를 만들었다. 두부 만드는 공정이 여간 손이 많이 가는 일에도 불구하고, 아내가 싫다 않고 거들어서 즐겁게 일을 했던 것이다.

성당에 궂은 일이 있으면, 제일 먼저 달려 갔던 일꾼이 레지오 단원이다. 신부님께서는 가끔 단원을 사제관으로 불러 차를 한 잔 주시기도 했다. 당시 신부님은 아일랜드 출신으로 우리 본당에 온 지 여러 해가 되었는데, 주로 감자를 주식으로 하는 분이었다. 또 캡틴 큐라는 국산 양주를 벽장에 넣어 두고 즐겨 마시던 기억이 난다.

첫째 아이가 자라 초등학교에 입학하고 얼마 후, 부천 생활을 마무리하고 서울 신림동으로 이사를 왔다. 신림동성당에서도 마찬가지로 레지오 활동을 했다. 그러나 회사 일이 바빠지고, 새롭게 개인 사업을 시작하는 바람에 성당 일을 전처럼 할 수 없었다. 지금은 그저 주일미사를 드리는 것이 전부다. 하루 빨리 주님의 봉사자가 되어 하느님의 은혜 받기를 소원해 본다.

성모님

소나무 작은 숲
기도하는 성모님

고사리 손
할머니 손
합장하며 예수님을 부른다.

새벽에도 저녁에도
모아진 두 손

저의 기도를 들어주소서!

관악산

내가 관악산을 알게 된 것은 20여 년 전이다. 오랜 세월이 흘러 정확히 기억나지는 않지만 우리는 부천에 살고 있다가, 이전에 어머니와 신림동에 살았던 인연으로 다시 신림동으로 이사했다. 아들 녀석이 당곡초등학교 1학년 2학기에 들어설 무렵이다.

그러고도 한참이 지난 후 관악산을 오르게 되었다. 이후 고등학교 동창들이 합심해 정기적인 산악 모임을 만들었다. 나이가 들수록 가장 괜찮고 할 만한 운동이 등산이라는 생각이 든다. 특히 관악산 인근에 사는 동창들은 굳이 약속을 잡지 않고도 매주 일요일 열시 반만 되면 서울대 광장 시계탑 근처에 모인다. 이 모임은 벌써 몇 년 동안 이어져 왔다. 나는 아직 퇴직을 하지 않은 터라 일이 많은 탓에 한 달에 한 번 정도만 참석한다. 간단한 점심을 준비해 가면 만날 수 있다.

알다시피 관악산은 서울과 경기도를 가르는 산이며, 군사적으로도 우리나라에서 매우 중요한 산이다. 봄에서 겨울까지 관악산의 경치는 사

시사철 장관을 이루며, 등산로가 발달함에 따라 등산객의 수도 옛날과는 비교가 안 될 정도로 늘었다. 관악산은 우리 집에서 가장 가까운 산이기도 하다.

산이 큰 만큼 수많은 등산 코스가 있지만, 나는 노인들이 즐겨 찾는

코스를 택해 걷는다. 다른 친구들에 비해 다리가 좋지 않기 때문이다. 이 코스는 오르는 데 가장 무리가 없는 길이기도 하다. 간혹 병이 있거나 다리가 부실하거나 하면 등산하기 편한 밋밋한 코스를 택하기 마련이다. 실제로 관악산에는 건강이 약한 등산객을 위한 코스가 많다.

최근에는 등산이 활성화되면서 정부나 지자체에서 산에 투자하는 비용이 만만치 않은 것 같다. 관악산은 물론 전국적으로 대개의 산들이 등산하기 편리한 시설을 갖추고 있다. 한편으로는 너무 지나치다는 생각이 들 정도다. 계단을 만들거나 별도의 휴식공간을 짓다 보면 자연 그대로의 모습을 지키지 못하고 망가뜨리는 수도 있을 것이다. 산을 좋아하는 사람들이 스스로 산을 가꾸는 것이 가장 좋은 방법이다.

추운 겨울을 뚫고 봄기운이 산속에도 물드는 시기, 개나리랑 벚꽃이 필 무렵이면 관악산의 등산객 수는 상상을 초월한다. 휴일이면 가까운 산을 찾아 일주일 피로도 풀고, 맑은 공기를 마시거나 시원한 바람을 쐬며 계절의 감각을 만끽하는 가족들이 정말 많다. 예전 같으면 평상복에 운동화 정도 신고 오르지만, 요즈음 등산복은 물론 등산 관련 과학적인 장비가 폭발적으로 생산되는 탓에 등산객들의 스타일이 매우 화려하다.

산 중턱쯤에 와서는 고단한 다리를 쉬게 하느라, 앉아서 과일도 먹고 물도 마신다. 땀이 나서 겉옷을 벗어 들고 다시 산에 오를 준비를 한다. 이른 봄에 오르면 개울가 음지에는 아직도 얼음덩이가 해님과 씨름을 하고 있다. 소나무, 상수리나무, 편백나무, 잣나무, 갈나무도 산허리에서 추운 바람을 막으며 꽃 피는 봄을 맞이하려 용을 쓴다. 해님은 겨울 동안 무심해서 미안했다며 빛을 내려 새싹 만드는 일을 도와준다.

　하지만 등산의 즐거움은 무엇보다 삼삼오오 둘러앉아 마시는 막걸리 한 잔에 있을 것이다. 친구들과 담소를 나누다 보면 벌써 해가 뉘엿뉘엿 지고 있다. 우리는 매년 산에 다니는 친구들의 안전을 위해 시산제를 지낸다. 앞으로도 친구들과의 등산은 끊이지 않고 계속될 것이다.

　관악산은 그리 높지도 않고 험하지 않아 늘 내 마음을 편하게 해준다. 가깝고 사랑스러운 산, 마음먹고 가면 언제든 안식처가 되어 주는 산이다. 지금 집 옥상에서 관악산을 바라보니, 하얀 구름 한 점을 끌어안고 말없이 앉아 있다.

등산객의 밥상

산 중턱에서
신문지 위에 펼쳐진
마누라 솜씨.

상추, 나물, 고기, 계란……
뽀얀 은박 접시 앞에 놓고
하나둘씩 냠냠 꿀꺽.

너 나 할 것 없이
먼저 동난 음식 주인
기분이 우쭐하다.
마누라 없이도 마누라 자랑.

말주변 없던 이도
목소리 높아진다.
한두 잔 술에 기분 좋아
볼에도 꽃 핀다.

봄의 시냇물

얼음 속 시냇물 숨 쉬라고
해님은 아침부터 분주하다.

얼음에 구멍을 송, 송, 송……
아기 송사리가 먼저
고개를 내민다.

해님도
작은 구멍 안이 궁금한지
자꾸만 얼음 문을
열어젖힌다.

겨우내 무슨 일이 있었는지
빠끔히
들여다본다.

자식들

　나는 고향 서산에 있는 친구의 동생을 아내로 맞이해 스물아홉 철없
는 나이에 장가를 갔다. 서른한 살에 홀로 되신 어머니와 함께 복사꽃
많은 부천에 새집을 짓고 이사했다.

　장가든 지 2년 후 첫째 아이 도현이가 태어났다. 어머니는 아들이라
며 동네방네 자랑하셨다. 그러고는 부천에서 제일가는 작명소를 수소
문하여 이름을 받아 오셨다. 집까지 한걸음에 달려와 쌈짓돈 이만 원을
주고 도현이라는 이름을 받아 왔다고 장황하게 말씀하시는 어머니의 이
마에는 구슬땀이 송송 맺혀 있었다. 기다리던 손자가 생겼으니, 어머니
의 기쁨은 말로 다할 수 없었을 것이다.

　그후 3년이 지나 둘째 지현이가 태어났다. 딸아이 이름은 내가 지었
는데, 작명 서적을 사서 획과 자수 등을 따져 제일 좋은 이름이라고 해
서 지었다.

　이제 자식들도 결혼해 아들은 아들 셋을, 딸은 남매를 두었다. 손주

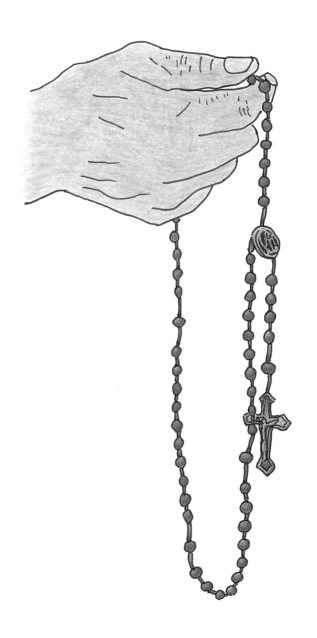

들의 뒷바라지는 아내가 많이 도와준다. 손주 다섯이 옹기종기 모여 뛰노는 모습을 보고 있노라면, 아내와 나는 지나간 고생의 세월을 다 잊은 듯하다. 힘들지만 흡족한 미소가 가슴 한편에 자리 잡는 것이다.

다섯 명이 침대에서 뛰놀다가 한꺼번에 내게 몰려와 씨름을 하면 진짜 내가 진다. 그러면 아이들은 환호성을 지르며 좋아한다. 손주 다섯이 한 이불을 덮고 조용히 자고 있는 모습을 보면 마냥 행복하다. 손주들을 보며 내리사랑을 생각한다. 이것이 바로 가족이 아닌가 싶다.

가만히 지난 세월을 떠올려 본다. 학교를 졸업하고 공무원이 되어 이곳저곳에서 많은 일을 했다. 마지막으로 조달청에서 젊은 나이에 퇴직을 하고 회사를 만들었다. 그 회사가 유일기기다. 회사를 창립한 지도 벌써 30여 년이 훌쩍 넘었다. 현재 세계 50여 개 국가에 진출하고 있으며, 의료 분야만큼은 우리 회사 이름만큼 '유일'하게 일을 많이 한다. 그 덕에 두 자식을 대학 보내고, 외국도 보낼 수 있었다. 이후 아들, 딸은 힘을 모아서 IT회사인 카프이엔지를 창설하였다. 직원들이 열심히 일한 덕에 2013년 봄날 유일기기 근처에 땅을 사서 신사옥을 지었으니 정말 대견하다.

그러고 보니 며느리와 사위가 빠졌다. 며느리는 대학을 나와 방송국에서 작가 생활을 하다가 결혼 후 그만두었다. 삼 형제를 키우면서 대학원 석사, 박사과정을 밟고 작년에 문학박사 학위를 받았다. 사위는 우리 딸이 캐나다에 어학연수를 가 있는 동안 만난 인연으로 결혼했다. LG, 효성그룹 등에서 근무하다가 내 사업을 돕기 위해 그만두고, 현재 같이 일하고 있다.

이야기하다 보니 우리 가족사가 다 나왔다. 하늘에 계신 아버지, 어머니도 우리를 항상 지켜보고 계실 것이다. 행복한 우리 가족의 모습을 보면서 기뻐하실 모습이 눈에 보이는 듯하다.

세 살배기 현서

눈 반짝 귀 쫑긋
세 살배기 배꼽인사

배에 손 얹고 허리 굽혀
고개 들고 빤히 본다

현서 뽀뽀!
입술 동그랗게 모으고
입을 맞춘다.

꼬마 현서

형아 따라
아장아장
조금 놀다가

누나 따라
아장아장
조금 놀다가

고개를
갸우뚱갸우뚱
"엄마!"

그래,
엄마 품이
제일 좋다!

꽃을 보며

언제부터인지 모르지만, 나는 꽃을 좋아한다. 봄꽃은 물론 여름의 장미, 가을의 코스모스, 추운 겨울 눈 사이로 앙증맞게 피어나는 꽃까지 아름답지 않은 꽃이 없다. 꽃이 피는 모습과 파란 잎이 돋는 모습을 보고 있노라면 절로 힘이 솟는다.

그렇다고 해서 나의 마음이 꽃처럼 예쁜 것은 아니다. 충청도 출신이긴 하나 그들처럼 마음이 느긋하거나 착하지도 않다. 또 나름 정의파라서 불의를 보면 참지 못한다. 성격이 급해 불끈 화를 낼 때도 있다. 내가 화를 내는 것은 일 년에 고작 몇 번 있는 일이지만, 일단 화가 나면 억양이 높아지고, 눈빛도 날카로워진다. 잘 참다가도 정도를 벗어난 처사를 그냥 두지 못한다.

이러한 성격과 어울리지 않지만, 어찌 됐든 나는 곧잘 꽃에 매료된다. 휴대전화에 저장된 사진만 보더라도 꽃과 손주들이 대부분이다. 봄눈을 비집고 나온 개나리를 보며 무아의 순간을 경험하는 것은 연중행

사가 되어 버렸다. 서산 집 앞뜰과 뒤뜰에 지천으로 피어나는 꽃잔디와 연산홍에 취한 적이 여러 번이다. 특히 높이 솟은 목련꽃의 고고함, 청초한 난의 단아함은 마음을 고요하게 만드는 매력이 있다.

나 못지않게 어머니도 꽃을 좋아하셨다. 어머니는 꽃모종은 물론이고 물을 주고 가꾸기를 마다하지 않았다. 길을 가다가 예쁜 화분을 만나면 그냥 지나치지 못하고, 구겨진 지폐 몇 장과 바꾸곤 했다. 그렇게 해서 베란다에 모은 화분도 적지 않았다. 점점 화분 수가 늘다 보니, 물 주고 거름 주는 것도 보통 일이 아니었다. 그리하여 서산 집을 지을 때 전부 가지고 가서 앞뜰 사이사이에 옮겨 심었다. 지금도 그 꽃들을 보면 마치 어머니가 내 곁에 있는 것만 같다.

꽃을 보면 자연의 섭리를 깨달을 수 있다. 초여름 날 오그라든 함박꽃이 조금씩 활짝 피는 모습은 참으로 오묘하다. 사람의 마음도 꽃 같은 마음이어야 하지 않을까. 일흔 고개를 넘어가면서 꽃의 빛깔처럼 예쁘고 아름답게 늙어 가고 싶다는 생각을 많이 한다. 꽃동산에서 새소리를 들으며, 정말이지 세상을 환하게 비추는 삶을 살고 싶다.

낙엽

엄마 품 떠나
세상 아래 내려오니

바람에 뒹굴고
발길에 차이고

불길 만나
까만 재 되었네.

선라(Son La)를 가다

2014년 2월 26일. 하이퐁에 있는 하바코 회의를 마치고, 회장이신 히엔의 요청에 따라 아홉 시간 이상 걸린다는 선라로 향했다. 그때가 오후 2시경이었다.

차를 타고 가면서 일흔이 넘은 회장님의 힘 있는 목소리에 감탄했던 기억이 난다. 젊은 우리가 따라갈 수 없는 매력이 있었다. 회장님은 매일같이 한국의 영지버섯 차를 마신다고 했다. 그 차를 마시면 힘이 난다는 말에 괜히 기분이 좋았다.

칠흑 같은 어둠을 뚫고 베트남 시간으로 새벽 1시가 넘어서야 선라에 도착했다. 약간 지친 탓에 방을 잡고 누웠지만, 이곳에서의 할 일이 걱정되어 잠이 잘 오지 않았다. 그러다가 어느 순간 밖에서 닭 우는 소리와 돼지의 굉음 소리에 잠을 깼다. 시계를 보니 3시다. 두 시간도 채 못 잤지만, 다시 잠을 청하려 해도 눈만 말똥말똥해졌다.

아침을 먹고 선라성 직원의 안내로 선라 감옥을 방문했다. 이곳은 프랑스 지배하에 있던 1908~1945년까지 사용한 감옥이다. 베트남에 있는 감옥 중에서도 죄수들에게 아주 지독하게 군 감옥으로 유명하다. 심지어 죄수의 배설물까지 그대로 방치하여, 그 지방 특유의 모기에 물려 감옥 안에서 어쩌지 못하고 사망한 죄수들도 있단다. 듣기만 해도 비인간적이라는 생각이 들었다.

감옥 안에서도 쇠사슬에 묶여 지내는 최악의 죄수들이 있었다고 한다. 그럼에도 불구하고 투옥된 죄수들 중에서 대통령 등 정치지도자가 배출되었다고 하니 놀랄 일이다. 최대 수용 인원은 일천 명인데, 이곳에서는 프랑스 말을 사용하지 않고 소수 민족의 언어로 소통함으로써, 프랑스에 정보가 제공되는 것을 차단했다고 한다. 감옥을 둘러보고 나오면서 일제 침략하에 있었던 한국을 떠올렸다. 국가란 모름지기 힘을 지니는 것이 최고라는 생각이 먼저 들었다.

그 밖에 선라에는 동양 최대 수력발전소가 있다. 무려 8년에 걸친 공사로 세워진 발전소다. 이처럼 국가가 발전하는 데에는 피나는 노력이 드는 것은 물론이거니와 긴 시간이 소요된다. 이곳 발전소에서 생기는 전기로 베트남 북방 지역을 커버한다고 한다. 선라의 명소를 둘러보면서 얻은 교훈은 강인한 지도자만이 회사든 나라든 성공으로 이끌 수 있다는 것이다. 이 진리는 예나 지금이나 변함이 없다.

이어 오후에는 베트남 고위 관계자들과의 회의에서 새로운 프로젝트를 시작했다. 이곳에서 얻은 교훈에 힘입어 나를 믿고 따라와 주는 직원들과 함께 우리 회사를 꾸준히 발전시켜야겠다는 다짐이 앞섰다. 어떠한 고난이 와도 그 고난을 기회라고 생각하고 이겨낼 것이다. 일의 추진을 위해 앞으로도 자주 선라를 방문해야 할 것 같다.

공항

맞이하고
보내고
늘 복잡하다.

한편엔
아들 보내는
애끓는 엄마 마음
애틋한 손을 젓는데

어째,
내 발걸음만 무덤덤하다.
수십 년 오가며
또 여기구나, 한다.

내 발걸음은
복잡한 무리 속에
묻혀, 묻혀
보이지 않는다.

용현계곡

서산시 운산면 소재의 가야산에 위치한 용현계곡은 물이 깨끗하고, 경치가 좋다. 서산 집에서 6km 정도 떨어진 가까운 거리라 종종 찾게 된다. 또 여름이면 계곡물이 시원해 동네 사람들은 물론 타지의 사람들까지 돗자리와 음식을 장만해 가지고 와서 피서를 즐긴다. 최근에는 계곡 옆에 편리한 놀이시설을 마련해 놓았다. 뿐만 아니라 상인들이 특색 있는 갖가지 음식을 팔고 있어 발걸음을 당긴다.

그 중에는 어죽으로 유명한 맛집이 있어 가끔 가족과 함께 들른다. 어죽이란, 미꾸라지를 갈아 죽을 만든 것이다. 식당 주인은 맛 좋고 푸짐한 어죽을 뚝배기에 가득 담아 준다. 흰 눈이 펑펑 쏟아지는 겨울날 어죽 한 그릇에 막걸리 한 잔을 걸치면 작은 행복이 느껴진다. 그 밖에 파전을 큼지막하게 부쳐 팔기도 하고, 토종닭으로 만든 닭백숙은 꽤나 담백하고 구수해서, 주말이면 식당에 자리가 없을 때가 많다.

어죽 집과 마주한 냇가의 다리를 건너 계단을 오르면, '서산마애삼존

불상'이 있다. 국보 제84호로 제정된 삼존불상은 절벽의 돌을 깎아 만들었는데, 햇빛에 비친 미소가 은은하여 '백제의 미소'라 칭한다. 구설에 의하면 촌부가 산에서 나무를 하고 내려오던 길에, 어느 돈 많은 부부가 만든 돌상이 있다는 것을 사가(史家)에게 알려줘서 찾았다는 내용이 문헌에 적혀 있다. 이곳은 어느 계절에 찾아도 그마다의 정감이 있어 매력적이다.

걸어서 조금만 더 올라가면 백제 말기에 창건했다는 '보원사지'가 있다. 이곳은 고려조에 이르러 총 99채의 대찰이 되었는데, 일명 '고란사'라고도 한다. 당시 일천 명이 넘는 승려의 밥을 지었으니, 쌀을 씻을 때 뜨물이 많이 나와 용현계곡으로 흘렀다. 십여 리 떨어진 곳까지 쌀뜨물이 도달한 것이다. 이것을 퍼서 숭늉을 만들어 먹었기 때문에, 숭늉벌이라는 지역 이름이 전해져 내려오기도 한다. 현재는 '보원사지'를 복원하기 위한 공사가 한창 진행되고 있다.

용현계곡 초입에는 넓은 호수가 하나 있는데, 봄날 만연히 핀 벚꽃이 호수에 비친 모습은 그야말로 예술이다. 그리하여 오래전부터 관광객들이 사진을 찍는 명소가 되었다. 계곡을 끼고 오르면 산림청에서 만든 쉼터 펜션이 보인다. 작은 것, 큰 것이 모여 무리를 짓고 있다. 한두 달 전에 예약을 하지 않으면 올 수 없을 만큼 인기가 좋다. 울창한 산림에 묻혀 조용하고 운치 있는 하늘을 볼 수 있기 때문이다. 계곡의 역사적인 의미와 더불어 가을의 단풍, 그리고 겨울의 설경은 강원도 설악산 못지않게 빼어나다. 사랑하는 가족과 함께 하룻밤 쉬어 가는 장소로 꼭 한번 추천하고 싶다.

2014. 9.
-세-

장독대

시골 장독대는
엄마, 아빠, 형, 동생……
식구가 많다.

우리 집 장독대는
옥상에
혼자
앉아 있다.

고아처럼.

어미 소와 망아지

새벽부터 밭갈이 나가는 어미 소.
땀이 뻘뻘 나고
숨이 탁탁 막히고
김이 확확 오른다.

망아지는 엄마 걱정에
이리 뛰고 저리 뛰고
음-매.

어미 소는
혼자 둔 망아지 걱정에
음-매.

서로의 목소리
주거니 받거니

이제
안심이다.

가을비 우산 속

새벽부터 가을비가 추적추적 내리더니, 날씨가 제법 쌀쌀해졌다. 처마 끝으로 뚝뚝 이어지는 빗소리가 아름답게 새벽 공기에 퍼진다. 며칠전만 해도 한낮이 여름처럼 더웠는데, 요란스레 세수하는 걸 보니 가을하늘도 찌뿌듯했나 보다. 어제 등산길에 하얀 먼지가 발을 덮어 시원한비라도 내렸으면 했는데, 나로서는 반가운 비가 아닐 수 없었다.

오늘 아침 손녀 등굣길에 우산을 나란히 하고 걸었다. 동그란 비닐우산 속 손녀의 얼굴이 참말 예뻤다. 또 비닐우산 위로 빗방울이 튕겨져나가는 소리는 옛 추억을 떠올리게 했다. 빗방울 소리에 맞추어 고사리같은 손녀의 손을 잡고 노래를 부르니, 이것이야말로 행복이 아니겠는가. 똑, 똑, 또르륵, 빗소리에 맞춰 노래를 부르다가 우리는 마주 보며까르륵 웃어 버렸다. 지나가는 사람들도 우리의 모습이 부럽고 보기가좋았던지 밝게 미소 짓는다.

나는 조용히 내리는 봄비보다 생기가 넘치는 가을비가 더욱 좋다. 저

멀리 가을비를 품는 관악산의 희뿌연 자태는 마치 한 폭의 동양화를 펼쳐 놓은 듯하다. 골목길 강아지의 방울 소리도 빗소리에 장단을 맞추고 있지 않은가. 도심 속 자연이 이렇듯 평화롭게 느껴지는 것은 흔치 않는 일이다. 정말 낭만적이고 행복한 하루의 시작이었다.

손녀는 나중에 오늘 나와 맞은 가을비의 추억을 기억할까? 어여쁜 손녀와 손을 마주 잡고 콧노래를 부르며 걷는 지금 이 순간이, 그저 아름답고 황홀하여 가슴에 간직하고 싶을 뿐이다.

소민이

다섯 중
하나뿐인 손녀

제일 먼저 태어나
할배 무릎도
할배 뽀뽀도
제일 먼저 차지다.

할아버지 품에
달려와 안기는 것도
손자보다 손녀다.

첫째랍시고
할배 생일 때
아파트랑 자동차랑
사 준다고
큰소리치는 것도
우리 소민이다.

할배 마음
손녀가 갖고 노는 풍선보다
두둥실 높이 뜬다.

시험

아침부터 엄마는 초조하고 급하다.

말하고, 말하고, 자꾸만 말한다.

– 침착하고 실수 없도록!

"알겠다!" 약속을 한다.

엄마는 책가방 메어 주며 또 재촉이다.

– 정신 차리고 실수 없도록!

반복해서 다짐받는다.

결과가 나왔다.

세 문제 틀려 85점이 나왔다.

하나는 정말 몰라서, 두 문제는 실수로 틀렸다.

엄마는 방방 뛰고 난리다.

과외 선생님과 통화하면서 뭐라 뭐라 이야기한다.

할아버지는

"살다 보면 그럴 수도 있지. 애 잡지 마라."

호령이시다.

나는 마구 울고 싶었다.

소리 내어 실컷 엉엉 울었다.

내 울음소리에 만사가 해결되었다.

엄마는 "알겠다, 알겠어. 다음부터 잘하자."

어깨를 만진다.

나는 가짜 울음이 싫다.

그리고 시험도 싫다.

하느님,

시험을 보면 매번 백점을 주세요.

아니면 엄마 마음을 돌려주세요.

마음속으로 기도하면서 눈물을 닦았다.

개운하다.

사탕

옛날엔 눈깔사탕
요즘은 막대사탕

유리병 속 눈깔사탕
비닐 안에 막내사탕

한입에 쏘옥 눈깔사탕
입에 들락날락 막대사탕

심부름하면 눈깔사탕
울기만 하면 막대사탕

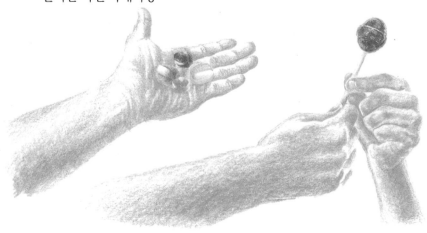

교수님, 회장님, 그리고 나

호치밍. 오토바이 경적이 시끄럽게 울려대는 길가에 있다. 어둠이 깔리는 시각, 교수님과 나는 지나온 세월과 앞으로의 계획을 이야기한다. 우리 사이에 놓인 원탁에는 맛깔스런 해물잡탕이 푸짐하다. 교수님은 나를 막내 동생만큼이나 아껴 주는 분이다.

김광문 교수님은 일본에서 박사학위까지 받은 분이다. 한양대학교 병원 건립 시기에, 한양대학교와 인연이 닿아 많은 인재를 키웠다. 우리나라 병원설계의 일인자라 해도 과언이 아니다. 사모님은 재일교포이고, 아들 둘은 각각 미국과 일본에서 생활하고 있다.

어느 날 교수님 댁에 초청을 받아 간 적이 있다. 서대문에서도 전망이 좋은 산언덕 위치에 자리하고 있었다. 서울이면서 시골 같은 느낌이 매력적이었다. 특히 대문에서 현관문까지 이어지는 숲의 자태는 '아! 역시 설계자의 멋인가!'란 감탄이 몰려올 정도로 경이로운 모습이었다. 당시 교수님과 사모님의 아기자기한 정성과 친절을 지금도 잊을 수 없다.

마음만큼 도리를 못하였으나, 몇 번 사모님을 모시고 식사를 했다. 그러나 한동안 교수님과 연락이 닿지 않았다. 안타깝게도 교수님이 암에 걸린 것이다. 내 일에 지장을 줄까 봐 연락하지 않았다고 한다. 오랜만에 교수님을 만나기 위해 병원으로 갔다. 우리는 손을 맞잡고도 아무런 말이 없었다. 그래도 서로의 마음만큼은 너무나 잘 알고 있었다. 교수님의 손은 무척이나 앙상했다.

한참 만에 교수님이 먼저 입을 열었다.

"네 회사도 빨리 성장해야 할 텐데……."

건강이 악화된 상황에서도 회사 걱정부터 했다. 세계 곳곳을 땀으로 뛰는 나를 항상 격려해 주던 분이다. 작은 회사가 대그룹과 경쟁하면서 겪는 많은 수난을 교수님은 잘 알고 있었다. 교수님은 "진심과 정성이 현재의 불합리를 이길 수 있다"며 내 손을 꽉 잡았다. 그는 내가 지칠 때마다 용기를 북돋아 준, 내 인생의 멘토이자 나를 바로 세운 분이다.

지금은 이 세상에 있지 않지만, 하늘나라에서 예쁜 집을 짓고 꽃도 가꾸며 살고 있을 것이다. 가까이 지내던 후배 또는 제자들을 위해 식탁을 만들고 잔치 준비를 하고 있을지도 모른다. 하루하루 열심히 뛰는 것이 인생의 전부인 양 외길 인생을 걸었던 교수님, 그리고 나. 그러나 후회는 없다. 앞으로도 그 길은 변함없이 이어지리라.

베트남의 하바코 그룹 하면 알 만한 사람은 다 안다. 베트남에서 상위 그룹인 하바코 그룹의 회장님 고향인 하이퐁에 현대식 병원을 짓게 되면서 교수님, 뿌증히엔 회장님, 그리고 나는 새로운 인연을 맺게 되었다. 교수님이 병원설계를 시작할 무렵, 내게 회장님을 소개했다. 그 후 회장님이 한국에 올 때나 내가 베트남에 갈 때, 우리는 어김없이 만나 병원 이야기를 많이 했다. 회장님은 세 살 아래인 나를 동생처럼 여겼으며, 실제로도 나를 보고 동생이라 불렀다. 나중에는 회장님의 자식들도 나를 작은아버지라 부를 만큼 친한 사이가 되었다.

모두 고생한 끝에 한국적이면서도 현대식의 '하이퐁 그린병원'이 세워졌다. 일백오십여 명이 넘는 직원을 거느리면서, 회장님은 내게 조금은 배타적인 조직의 아픔을 이야기하곤 했다. 속 시원하게 회장님 걱정을 덜어 줄 수 없는 난 안타까웠다. 그러나 개원을 앞두고 직원들에게 친절과 조직의 의무와 관련해 강의하고 토론하는 시간을 가진 것이 많은 도움이 됐다. 한번은 한국 사람이 병원을 찾았는데, 직원들이 친절하고 예의가 좋아 깜짝 놀랐다고 해서 가슴이 뿌듯했다.

병원 개원식 날, 회장님의 초청을 받아 축사를 했다. 축사를 마치자 회장님은 내 손을 잡으며 지나간 세월, 새롭게 다가올 날들을 눈으로 말했다. 문득 암투병 중에 내 손을 꼭 잡았던 교수님이 생각난다. 우리 셋은 앞으로도 쭉 함께 나아갈 것이다. 다음은 우리 모두를 기념하기 위한 축사의 전문이다.

존경하는 하바코 그룹의 그린병원 오픈식에 멀리서 가까이에서 개원을 축하하기 위해 오신 내·외 귀빈(VIP) 여러분 그리고 장관 웬 벳 디엔, 부시장 레 칵 남 님께 인사드립니다. 이 자리에서 제가 축사를 하게 되어 고맙고 영광스럽게 생각합니다. 그리고 이 병원 설립에 히엔 회장님과 함께 우리 유일기기가 참여할 수 있게 도와주신 히엔 회장님께 다시 한번 감사의 인사를 드립니다.

잔잔한 바다, 우뚝 솟은 산들, 가을의 높은 하늘. 이 모든 천년의 아름다움이 이곳 하이퐁에 있으며, 오늘 개원하는 하이퐁 그린병원이 하나 더함으로써, 하이퐁의 자랑이며 베트남의 자랑이 되었다고 생각합니다.

잡초가 무성한 이곳에 아름답고 현대적인 병원이 있기까지, 지난 5년간 우리는 이곳에 피와 땀을 흘렸습니다. 이러한 정성과 희생이 밑거름이 되어 하루하루 성장할 것을 확신합니다. 오늘 이 기회에 병원 구성원은 물론, 옆에서 물심양면 도움을 주시는 여러분과 함께 다시 한번 결심을 하고자 합니다.

첫째, 하이퐁 병원에서 근무하는 전 직원은 하이퐁에서 최고, 베트남에서 최고, 더 나아가 세계에서 최고인 병원을 만들어야 합니다. 이곳에선 특별한 사람이 될 아이가 태어나고, 그를 건강하게 키울 엄마의 건강을 지키는 사업을 하고 있습니다. 그리고 이 장소를 회장님이 여러분에게 제공하였습니다.

나는 여러분에게 부탁하고 싶습니다. 직원 여러분은 지금부터 '무엇을 어떻게 해야 최고가 될까'를 항상 고민해야 합니다. 우리는 생동하는 심장을 가지고 있습니다. 이 심장을 가지고 아기도 최고, 엄마도 최고, 병원도 최고가 되게 해야 합니다. 그것이 우리 모두의 사명입니다. 이 문제는 여러분 자신에게 질문하고 스스로 해결해야 하는 숙제입니다. 절대 낙오되는 사람이 한 사람이라도 있어서는 안 됩니다. 이는 우리에게 주어진 의무입니다.

둘째, 우리는 모든 일을 할 수 있습니다. 그리고 해야만 합니다. 어렵고 힘이 들더라도 그 역경을 뚫고 나아가야 합니다. 이유가 없습니다. 왜냐하면 우리는 최고이기 때문입니다. 모든 일을 할 수 있습니다.

그리고 해내야 합니다. 저 바다에 있는 섬을 병원까지 옮기는 심정으로 어려움을 이겨내야 합니다.

어떻게 해야 하나 질문하지 말고, 망설이지도 말아야 합니다. 우리는 실천해야 합니다. 실천만이 성공할 수 있는 길입니다. 멈추지 않고 나아갈 때, 우리 곁엔 신이 함께 할 것입니다. 그때 한국 친구들도 여러분과 함께 할 것입니다.

셋째, 항상 웃고 친절한 마음을 가져야 합니다. 우리는 병원을 찾아오는 모든 분이 나의 가족이라고 생각하고, 진심을 갖고 대하여야 합니다. 그리되면 하나씩 바뀌는 모습을 여러분은 체험하게 될 것입니다.

긴 설명은 하지 않겠습니다. 언제나, 어느 곳에서나 생각하십시오. 우리는 최고이고, 할 수 있고, 친절한 마음을 가진 가족이라고. 그리하면 이 병원은 사랑과 행복과 웃음이 가득할 것입니다.

머릿속으로 모든 것을 알고 있다고 이야기하지 마십시오.

생각이 아니고 실천입니다.

정지가 아니고 전진입니다.

비난이 아니고 협력입니다.

우리는 낡은 옷을 벗어던지고, 새로운 옷을 갈아입고, 하이퐁 그린병원을 위하여, 더 나아가 하이퐁과 조국 베트남을 위하여 전진해야 합니다.

그리하면 빛나는 성공의 햇살이 우리 모두를 감싸 안고 갈 것입니다.

이 영광스러운 자리. 다 함께 마음을 열고 이야기합시다.

갑시다! 한 발, 두 발 성공하는 그날까지 걸어가야 합니다.

감사합니다.

인연

천년 묵은 뿌리처럼
엉켜 있다
길고 질기다가도
고개 돌리는 것
저 별은 나와 얼마의 인연인가
신발 속 차곡하게
쌓이는 인연,
그 두께는 얼마인가.

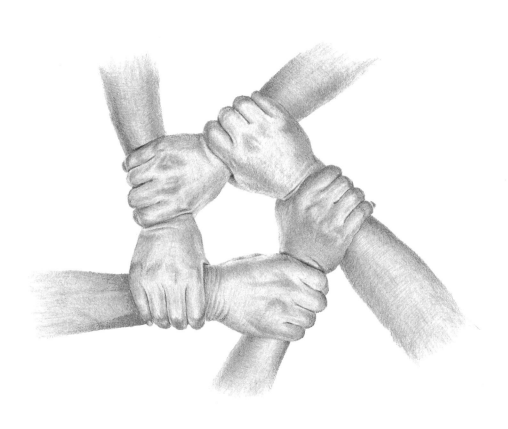

캐나다 여행기_2014.08.03.~2014.08.10

■ 첫째 날

　자주 외국 출장을 다녔지만, 가족과 함께 여행하기는 모처럼의 일이
다. 그래서인지 출국하기 며칠 전부터 가슴이 설레었다. 또 한편으로는
태풍이 온다는 일기예보가 있었던 터라 걱정이 되고 조바심이 나기도
했다. 제주도에 강풍과 폭우가 심하다는 뉴스를 듣고 잠도 설쳤다.
　아침 일찍 일어나 밖을 내다보니, 비는 그쳤고 생각보다 바람도 심하
지 않았다. 인천에서 비행기가 이륙할 때까지 마음이 불안했지만, 우리
는 무사히 캐나다로 향할 수 있었다. 기내에서 간단한 식사를 마치고,
이리저리 뒤척거리다가 잠이 들었다. 캐나다 현지 시간으로 오후 1시
에 도착하니, 또다시 일요일이었다. 하루를 공짜로 얻은 기분이었다.
　여행지인 캘거리(Calgary)로 가기 위해 다시 비행기를 갈아타고 갔다.
하얀 눈이 덮여 있는 로키 산맥의 절경이 내 마음을 열었다. 이제야 캐

2014. 10.
-세-

나다에 왔다는 것이 실감났다. 캘거리에 도착하니 기온이 서늘하고 비가 왔다. 무더운 한국에 있다가 와서인지 천국을 만난 느낌이었다.

새삼 세상의 조화가 기이함을 인식하며 오늘의 일과를 마친다. 사랑하는 아내와 사위, 딸, 외손자, 외손녀와 캐나다의 첫 밤을 멋있게 장식해 봐야겠다.

■ 둘째 날

시차 관계로 낮밤이 뒤바뀌니 몸의 균형이 무너진 듯하다. 잠이 부족하니 종일 피곤이 몰려와서 힘든 하루를 보냈다. 그럼에도 불구하고 우리는 예정된 일정을 소화해야 했기에 시내 외각에 위치한 와누스케윈 유산공원을 찾았다.

헤리티지 공원(Heritage park)은 1992년에 만들어졌으며, 선사시대 유물이 유일하게 발견된 곳이기도 하다. 약 20만 평의 대지에 캐나다 원주민의 문화 등 역사적으로 가치 있는 것들을 복원시켰는데, 복원된 건물에는 우체국, 대장간, 호텔, 목장 등이 있다. 증기기관차를 타고 외곽을 돌며 관광할 수 있어 흥미로웠다. 한쪽에는 옛날 성당·주거지·목장 등이 있고, 휴식을 위한 커피숍과 레스토랑이 있었다.

외국에서 찾아온 관광객들을 위해, 배를 타고 절경을 감상할 수 있도록 코스를 마련해 놓았다. 배를 탄다고 하니 소민이와 준원이는 엄지손가락을 들어 보이며 좋아했다.

캐나다는 낭만을 불러일으키는 자연과 확 트인 도로가 참 매력적이라

는 생각이 든다. 점심 식사 후에는 피곤을 풀기 위해 한두 시간 낮잠을
잤다. 시차 적응이 안된 탓이다. 자고 일어나니 머리가 맑아졌다. 자유
여행의 멋을 즐기고 있다.

2014. 9.
-세-

■ 셋째 날

　캘거리를 떠나 캐나다 국립공원(National Park) 안의 밴프(Banff) 국립공원에 여장을 풀었다. 자연 속 울창한 침엽수의 장관과 로키 산맥의 비경이 기이할 정도로 감탄스러워 입을 다물지 못했다. 더군다나 날씨도 우리나라 초가을 날씨여서 나의 감성을 더욱 자극했다.

때때로 달리는 관광객의 렌트카, 자전거의 행렬들마저 낭만적으로 느껴졌다. 대자연과 어울려져 사는 인간의 삶이 새삼 아름다웠다.

유명하다는 식당에서 스테이크를 먹은 후 손자손녀의 손을 잡고 밤길을 거닐었다. 밤 9시, 아직도 이곳은 밤이 아니고 환한 낮이다. 백야에 펼쳐지는 시가지의 풍경이 경이로울 뿐이다.

낮잠을 잔 터라 가능하면 늦게 잠을 청하려 했지만, 초저녁에 잠자던 습관을 이기지 못하고 소민이의 재잘거리는 목소리를 들으며 잠이 들었다. 푸른 초원과도 바꿀 수 없을 만큼 행복한 꿈을 꾸었다.

■ 넷째 날

오늘은 밴프 주변에 산재되어 있는 명소를 둘러보기로 한 날이다. 우선 로키의 제일 아름다운 호수인 루이즈 호수(Lake Louise)를 찾았다. 이곳 원주민 인디언은 이 호수를 '작은 물고기'라 이름 붙였다고 한다. 이후 1882년 측량기사인 토마스 윌슨이 발견해, 빅토리아 왕의 딸 루이즈 여왕의 이름을 따서 루이즈 호수라 칭하였다. 빅토리아 산의 하얀 빙하가 녹아 만들어진 신비의 호수, 그리고 풍성한 산림은 가히 세계적으로 명성이 난 경치로 손색이 없었다.

점심을 먹고 호텔에서 휴식을 취한 다음, 밴프 시가지를 거닐었다. 산책을 하면서, 19세기부터 흘러온 역사의 흔적과 매력적인 분위기에 취해 버렸다. 돌아오는 길에 한국 식품점에 들러 찬거리를 준비했다.

■ 다섯째 날

　어제 사 온 김치로 김치찌개를 끓이고, 불고기도 구웠다. 오랜만에
한국 식단을 장만해 먹으니, 문득 한국이 그리워졌다. 너무 맛있어서
한 그릇을 뚝딱 해치우고 자스퍼(Jasper)로 떠날 준비를 했다. 이곳 밴
프의 날씨는 한국으로 치면 늦가을 기온이어서 제법 쌀쌀하다. 우리 가
족은 옷을 든든히 챙겨 입었다.

2014. 12. 9.
-세-

우리는 차를 타고 아이스필드에 도착했다. 이곳 빙하의 경치를 만끽하기 위해 급하게 경사진 언덕길을 힘겹게 올라갔다. 30년 전까지만 해도 언덕 바로 아래까지 빙하가 덮여 있었으나, 지구 온난화로 점점 녹아 내려갔다고 한다. 빙하에 좀더 가까이 가고 싶었지만, 다시 우회해야 할 뿐 아니라 위험 표지판이 있어서, 기념사진을 찍는 것으로 아쉬움을 달랬다.

다음 코스는 선왑타 폭포(Sunwapta Falls)와 애서배스카 폭포(Athabasca Falls)였다. 폭포의 길이, 폭 그리고 낙차의 절경까지 폭포마다 다양한 멋이 있었다. 폭포의 힘 있고 세찬 물줄기가 나에게 강한 기운을 전해 주는 듯했다. 신비 그 자체였다.

우두커니 의자에 앉아 수많은 인파를 지켜보았다. 물의 향연을 카메라에 담는 사람들의 모습이 다양하면서도 새삼스러웠다. 세계 각지에서 몰려든 관광객들의 표정이 폭포보다 다채롭고 재미있다는 생각을 했다. 풍경을 멍하니 쳐다보고 있자니, 평범한 자연이 경이롭게 느껴졌다.

오늘의 관광 일정이 끝난 후 자스퍼에 도착해 여장을 풀고, 한식당을 찾아 저녁 식사를 했다. 식당에는 한국 여행객 50여 명이 식사를 하고 있었다. 이 지역에 하나뿐인 한식당이라서 그런지 초만원이었다. 우리는 할 수 없이 한식을 먹기 위해 한참을 기다렸다. 식사 시간이 훨씬 지나서야 밥을 먹을 수 있었다. 호텔로 돌아와서는 바로 잠이 들었다.

■ 여섯째 날

아침에 일어나 보니, 밖에는 을씨년스러운 비가 지척지척 내리고 있었다. 번개도 치고, 기온이 뚝 떨어져 초겨울 날씨다. 그래도 우리는 다음 행선지를 위해 차에 몸을 실었다. 와이퍼가 쉼 없이 움직였다. 한시간가량 지나 마린 호수에 도착하니, 햇살이 쨍쨍하고 하늘은 청명했다. 가끔 텔레비전에서나 본 경치가 눈앞에 펼쳐졌다.

잔잔한 호수. 식상한 표현인 듯하지만, 달리 표현할 길이 없다. 직접 가서 느껴 봐야 안다. 새파란 구름이 침엽수 가득한 산을 안고, 또 그 산은 배가 떠다니는 호수를 안고 있다. 한 폭의 고요한 그림 같다. 캐나다에 와서 일 주일 동안 제법 여러 곳을 돌아다녀 봤지만, 오늘 만난 마린 호수가 내 마음을 제일 설레게 했다.

한 가지 아쉬운 점이 있다면 날씨였다. 여름인데도 초겨울 날씨여서 관광객 모두 겨울옷을 입고 있었다. 나는 세 겹이나 껴입었는데도 여전히 추웠다. 그러나 그 추위쯤은 마린 호수의 절경에 묻히고야 만다. 뜨거운 커피 한 잔을 마시며 나는 설렌 가슴을 진정하고 행복감을 만끽했다.

또 다른 호수, 에메랄드를 구경하기 위해 운전대를 잡았다. 운전을 시작한 지 30년이 지났지만, 다른 나라에서 운전하기는 이번이 처음이었다. 캐나다는 땅이 넓어서인지 도로가 막히는 법이 없다. 쭉 뻗은 도로를 달리며 에메랄드 호수의 경치가 어떨지 기대에 부풀었다.

호수는 나의 기대를 저버리지 않았다. 에메랄드 물감 색을 부어 놓은 듯, 말로는 설명할 수 없는 아름다움이었다. 손자 준원이도 연거푸 "멋

지다, 멋져!"라는 감탄사를 반복했다.

호수에서 200km를 넘게 달려, 다시 캘거리에 도착했다. 첫 밤을 지낸 호텔 방에 도착하니, 밤 10시가 훨씬 넘어 있었다. 너무 고단한 나머지 손녀 소민이를 안고 그대로 잠들어 버렸다.

■ 일곱째 날

일어나자마자 서둘러 라면으로 끼니를 때웠다. 오늘의 목적지인 밴쿠버로 가기 위함이다. 공항에 도착해 차를 반납하고, 비행기에 올라탔다. 말로만 듣던 밴쿠버에서 짧은 시간을 유용하게 보내기 위해, 지도를 펼쳐들고 구체적인 계획을 짰다. 얘기를 나누다가 밖을 보니, 눈으로 덮인 로키 산맥의 봉우리가 시야에 들어왔다. 참으로 아름다운 풍경이었다.

여름 반바지는 한 번도 입지 못하고, 비상으로 준비한 긴팔과 청바지만 줄기차게 입으면서 전 일정을 소화했다. 한국은 너무 더운 시기였기 때문에 한편으로는 다행한 일이다. 또한 종종 다니는 외국 출장도 대부분 더운 나라여서 뭔가 새로운 기분을 만끽했다.

점심은 한식당을 찾아 순댓국을 먹었다. 빅버스(Big Bus)를 타고 시내를 투어하다가, 어시장의 분위기를 맛보기 위해 그랜빌 아일랜드에서 내렸다. 어시장에는 생선 비린내가 진동하기 마련인데, 이곳은 규격화된 생선이 정결하게 정리되어 신선한 기운을 물씬 풍겨댔다. 어시장은 인파로 가득 차 있었다. 한국 부산의 자갈치 시장보다 사람이 더 많은 듯했다. 우리는 이곳에서 저녁거리로 참치 횟감을 사고, 채소와 와인도 준비했다.

어디선가 음악 소리가 들렸다. 우리의 발걸음은 자연히 그 음악 소리에 이끌려 갔다. 무명 가수가 가냘픈 음성으로 노래를 부르고 있었다. 소민이와 준원이가 공연료를 지불한다며 가수의 기타 케이스에 동전을 넣었다. 손주들의 겸연쩍은 얼굴 표정이 예뻐 사진을 찍었다.

2014. 11. ―세―

피곤한 몸을 이끌고 보드(Boad)를 탔다. 이어 다시 빅버스를 타고 도착한 곳은 스탠리 파크였다. 밴쿠버에서 아주 유명한 곳인데, 공원 초입부터 경관이 범상치 않다. 즐비한 고목들, 해변의 해수욕장, 그늘에서 일광욕을 즐기는 사람들, 야외 결혼식을 치루는 연인이 지천으로 핀 꽃과 어우러져 있었다. 저녁에는 준비한 회를 먹고 와인을 마시며 여행의 진한 묘미를 느꼈다.

■ 마지막 밤

오늘 여정을 마치고 내일이면 포근한 안식처인 한국으로 돌아간다. 그래서 캐나다 여행자라면 한 번쯤 방문한다는 개스타운을 찾았다. 그곳은 한국의 명동 거리와 닮아 있었다. 다만 길가의 벤치와 넓은 보도 블록이 관광객을 배려하기 위해 만든 것 같았다. 관광객들에게 알려진 명성에 걸맞게 고풍스러운 가게들이 즐비했다.

개스타운은 19세기의 흔적을 간직한 곳이라고 한다. 특히 증기의 힘으로 움직이는 진기한 시계가 눈에 띄었다. 높이가 무려 5.5m나 되는 시계인데, 15분마다 증기를 뿜어 기적 소리를 낸다. 관광객들의 발이 자연스레 시계 앞에서 멈췄다. 우리도 사진을 찍어 뒀다.

드디어 메인인 빅토리아 섬으로 가기 위해 길을 나섰다. 페리호를 타고 행선지에 도착해 부처스가든을 찾았다. 이곳은 수많은 꽃과 나무들로 장식돼 있었다. 나는 유난히 꽃을 좋아하기 때문에 꽃 잔치가 열린 듯 아름답게 꾸며진 공원에 도취되었다. 가지각색으로 단장한 꽃 내음

에 정신마저 몽롱할 지경이었다. 꽃들만으로 여행의 즐거움을 만끽할
수 있음에 감사했다. 나는 카메라에 꽃을 하나씩 담기 시작했다. 한국
에 돌아가면 꽃을 좋아하는 나로서는 캐나다의 부처스가든의 꽃 속에
가끔 묻히고 싶을 것이 분명하니, 그리울 적마다 한 장씩 꺼내 봐야겠
다는 생각에서였다.

　아쉽지만 꽃구경을 마치고, 마지막 밤을 보낼 그랜드호텔로 돌아왔

다. 짐을 풀어 놓고, 이 지역의 전통 음식점에서 와인을 곁들인 식사를 했다. 스테이크가 연하고 맛있었다. 소스에 찍어 먹는 바다새우는 입안에서 살살 녹았다. 오랜만에 포식을 하니 몸과 마음이 편안해졌다.

저녁을 먹은 후에는 마차를 타고 시내를 투어하는 코스가 남아 있었다. 마차를 탄다니까 소민이와 준원이가 제일 좋아했다. 손주들이 기뻐하는 모습을 보니 흐뭇했다. 손주들은 지나가는 모르는 사람들과 인사를 하고, 사진을 찍기도 했다.

캐나다에서의 마지막 밤이라 생각하니, 괜히 마음이 숙연하여 차분해진다. 한편으로 가볍기도 하면서 서운해지는 것이다. 손주들은 한국으로 돌아가기가 싫다고 했다. 공부는 안 하고, 맛난 음식 먹으며 여행하는 게 너무 좋다는 것이다. 손자 준원에게 여행 중에서 제일 좋았던 것이 뭐냐고 물었다. 그런데 뜻밖의 대답이 돌아왔다. 가장 좋았던 것이 '라면을 먹은 일'이라고 답한 것이다. 한국에서는 라면을 절대로 못 먹게 하니 그럴 만도 하다. 다른 친구들은 라면을 종종 먹는데, 엄마가 먹지 못하게 막으니까 라면 맛이 그리웠던 모양이다.

준원이 말대로 캐나다에서는 일정을 맞추느라 햇반이랑 라면으로 끼니를 때울 때가 있었다. 하지만 우리 모두 이곳을 떠나는 일이 아쉽다. 아마 한국에 돌아가면 그리울 것이 분명하다.

그래도 내가 사는 땅, 내가 생활하는 한국이 가장 좋다. 나는 한국을 사랑한다. 다만 평화로운 캐나다를 보면서 한국 생각을 하니, 안타까운 건 어쩔 수 없다. 한국이 보다 참 나라로 거듭나길 소망해 본다.

어찌됐든 내일, 내가 사랑하는 한국으로, 서울로 가야지!

● 윤소민_동시

제2부

첫눈이 소복소복

달팽이

달팽이가, 비 오는 것을
보려고 나왔네.
똑 똑 또도독
빗소리가 좋은가 봐.

달팽이는 음악 소리가
좋은가 봐,
똑 똑 또도독
음악 소리.

거미줄

거미집은 신기해.
나비 모양, 꽃 모양, 집 모양
요리조리
모양을 바꿀 수 있으니까.

거미줄은 신기해.
디딩 디당
디딩 디당
가야금 연주할 수 있으니까.

예수님

예수님은 참 좋다.
내가
나쁜 말을 해도
착한 말을 해도
언제나
나를 사랑하는 분이지.

예수님은 참 부드럽다.
엄마 심부름을 할 때나
동생과 싸울 때나
언제나
나를 꼭 껴안는 분이지.

돼지 저금통

돼지 저금통은 먹보
매일
"밥 줘요, 밥 줘!"

배가 불룩해져도
"밥 줘요, 밥 줘!"

다이어트 할 생각은
한 번도 안 하고
"밥 줘요, 밥 줘!"

주유소

주유소는
자동차의 식당.

자동차가
"밥 주세요" 하면,
빨리 와서 자동차 입에
밥을 넣어 준다.

자동차는 밥을 먹고
다시 힘을 낸다.
부릉부릉
잘도 달린다.

할아버지 배

할아버지 배는
둥둥둥 둥둥둥
소리가 난다.
장구네!

할아버지 배는
힘들 때 기대면
편안한 의자
안락의자.

진공청소기

우리 집 진공청소기
먼지도 휴지도
더러운 쓰레기도
야금야금
맛있게 먹는다.

동생이 먹다 남은
빵 조각은
냠냠 윙윙
맛있다, 맛있다
감탄하며 먹는다.

신기해, 신기해
세상에 맛난 음식이
얼마나 많은데
쓰레기가 맛있대
먼지가 맛있대.

떡볶이

매콤
달콤
떡볶이

입에서 얼얼
눈물은 빙글

물 한 모금
또 한 모금

그래도
맛있다.

아이비

내 영어 이름은 아이비
시골집 강아지도 아이비
그래서인지
나랑 행동이 비슷해요.

내가 뛰면
아이비도 뛰고
내가 앉으면
아이비도 앉아요.

내가 노래 부르면
아이비도 멍! 멍!
장단을 맞춰요.

첫눈이 소복소복

2014년 12월 01일 월요일 날씨 맑음

나는 오늘 아침 학교에 가면서 첫눈이 내리는 걸 보았다.
하늘만 멍하니 바라보다가 학교에 갔다.
교실에서는 친구들이 눈 구경을 하며
"와아~ 눈이 내린다! 눈이 내려!"
하고 말하고 있었다.

눈들이 우리를 반기며 웃고 있는 것 같았다.
바로 그때 검은 구름이 사라지고 해가 떴다.
친구들은 아쉬워하며
"에이~뭐야."라고 말했지만
나는 "뭐, 괜찮아! 또 올 수도 있잖아." 하며 아쉬움을 달랬다.
그런데 소원이 이루어지듯이 또 눈이 소복소복 내렸다.
눈이 쌓이지는 않았지만 최고였다!

● 신정아_동시

자다가도 뻥!

자다가도
뻥!
뻥!

낮에 하던 축구
밤에도 한다.

골목 축구 선수
자면서 이불을 자꾸
발로 찬다.

엄마가
다시 덮어 주면

또 한번!
뻥!

밥솥

'내일 아침밥 지어 줄래?'
예약 버튼 누르면,

뻐꾸기시계보다
먼저 일어나는 건
우리 집 밥솥.

모두 잠든 새벽녘
"따끈따끈해져라."
"뜨끈뜨끈해져라."
바지런히
주문을 외운다.

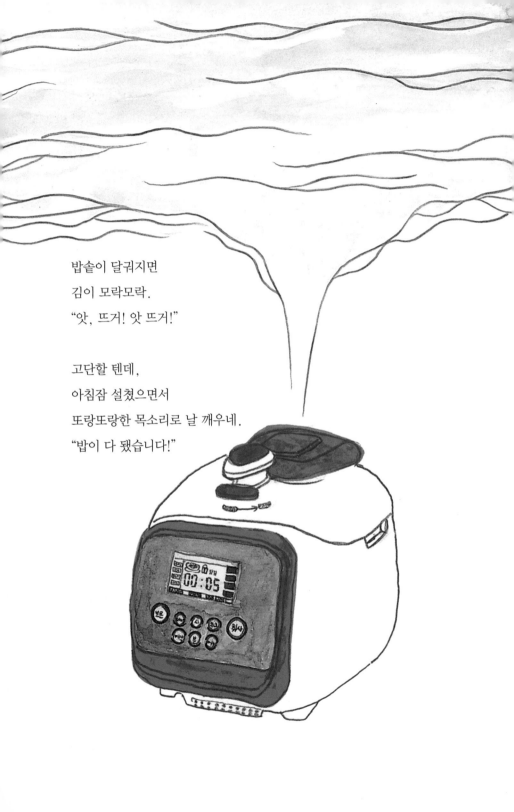

밥솥이 달궈지면
김이 모락모락.
"앗, 뜨거! 앗 뜨거!"

고단할 텐데,
아침잠 설쳤으면서
또랑또랑한 목소리로 날 깨우네.
"밥이 다 됐습니다!"

냉장고 배가 꼬르륵

냉장고는
엄마가 만날
맛난 거 넣어 주니
배부르겠다.

먹지도 않으면서
밑반찬까지
배 속 빵빵하게
쟁여 둔다.

상하지 않게
신선 온도 맞춰 둔다.

아니야,

끼니때 되면
자반, 장아찌는
허락도 안 받고
외출하지..

냉장고는
배가 꼬륵꼬륵 꼬르륵……
식사 시간에
배고픈 냉장고.

김밥이불

널찍한 김은
까만 이불.

김 이불 안에
빼곡한 밥알들.

"이리 와!"
김밥이불이 부르면,

시금치 폴짝 뛰어가고
우엉도 한걸음에 달려가고.

햄, 계란, 단무지도
폴짝— 폴짝— 폴짝—

김밥이불 돌돌 말아서 덮고
온기를 나눈다.

할머니 댁 가는 길

우리 집과 할머니 댁 사이
양 갈래 머리
함박 꽃길.

구불구불 가르마 길을 질러
내가 운전하는
세발자전거.

의젓하게 동생을
태우고 가면,

우리 할머니 입이
함박꽃이다.

산들바람 결석한 날

입학식 날
운동장 산들바람도
교장 선생님 훈화 말씀 듣고
1학년 되었는데,

벌써 햇볕 쨍쨍 무더운 여름
선생님 출석 부르는 소리에
창밖의 나무도 귀를 쫑긋
참새도 귀를 쫑긋.

—김민서
—네!
—김영서
—네!
—꽃향기
교실 가득 꽃향기가
—네!
—산들바람
……

불러도 대답 없네.
"에잇, 산들바람 결석이다. 요 녀석!"

교실 창문 활짝 열어 놓아도
오지 않는 산들바람.
친구들 이마에
땀이 송골송골.

파란 안경 쓰고

파란 안경 쓰고
들판에 누워서 보면
파란 빛깔
바람이 보이지.

파란 바람이
파란 구름을
살살 밀고 가지.

파란 하늘이 바다인 줄 알고
참방참방 헤엄치고 있는
바람이 보이지.

엄마 이름이 내 이름

"영서야."
앞집 할머니가 부르셔서
뒤돌아보려는데, 엄마가 먼저
"네?"
하고 대답하지.

"영서야!"
아빠가 부르셔서
달려가려는데, 또 엄마가
"네!"
먼저 대답하지.

엄마 이름
어디로 가고

영서 내 이름이
엄마 이름 됐다.

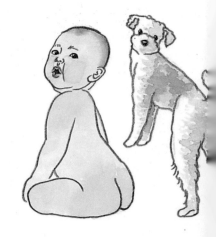

할머니는 우리 편

민서랑 내가
장난감 차 타고
마루를 뱅글뱅글 돌면,
엄마는
"아이, 정신없어!"
눈을 흘기지.

그래도 할머니는
개구쟁이 동생 민서 보고, 호호.
장난꾸러기 날 보고도, 호호.

호호호호, 할머니.
할머니는 우리 편이야.

그런 줄도 모르고

"민서는 잘 때가
　제일 예쁘지."
엄마 말 듣고
민서가 잠든다.

민서 잠들면
나랑 싸울 일 없지
그래서 예쁜단 줄도 모르고
민서는 소록소록.

잠들면 엄마한테
장난감 사 달라 떼쓸 일 없지
그래서 예쁜단 줄도 모르고
민서는 소록소록.

사탕, 과자 쉬어 버리면 어쩌죠?

먹으려는 게 아녜요, 엄마
과자가 쉬었나 보려고요.

유치원 다녀와
과자 단지 열어 보고

놀이터 놀다 들어와
사탕 단지 만지작만지작

자기 전에 보물단지에
몇 개 남았나, 세어 보다가

엄마! 큰일 났어요!
사탕이랑 과자, 상할 것 같아요!

잠자는 동안
몽땅 상하면 어쩌죠?

쉬지 않았나,
하나 먹어 봐도 될까요?

연년생

쌍둥이도
아닌데,

우리 집엔 만날
같은 신발 두 켤레
같은 옷 두 벌씩.

모양 다르고
색깔이라도 다르면
아옹다옹
형이랑 다투니까,

구두쇠 엄마도
두 손, 두 발 다 들었다
무조건
"같은 걸로 두 개 주세요,
크기도 같게요."
쌍둥이도 아닌데.

목련우체부

똑똑,
노크 소리에
잠을 깼지요.

2층 창문
두드릴 이
없을 텐데요.

겨울 내내
걸어 잠근
내 방 창문에

빼꼼히
고개 내민
목련꽃 하나.

봄소식 전하는
우체부지요.

할아버지 무섭지 않아

우리 할아버지는
호랑이 교장 선생님
할아버지 지나가면 모두
90도로 인사하지.

우리 할아버지 알고 보면
힘이 세거든,
화날 땐 무서운 엄마도
할아버지한테는 항상 예쁜 목소리.

엄마가 민서만 안아 줄 때
나는 쪼르르르
할아버지한테 달려가
등에 업히지.

할아버지
조금도 무섭지 않아.

세 시 반이다!

아침 열 시부터
따르르르릉—
캐나다서 온 전화.

"할머니, 은서야.
 나 오늘부터 네 살이래."

"우리 은서, 많이 컸네?
 보고 싶구나! 언제 볼 수 있니?"

"할머니 세시 반!
 나 세 시 반에 안 바빠!
 올 수 있어?"

할머니 맘은 벌써
저만치
세 시 반이다.

비행기 타고
산 넘어
바다 건너
세 시 반이다.

대답 대신 웃는 아가

놀이터에서 아장아장
미끄럼 타는 아가한테
"몇 살이니?"

공원에서 아장아장
걸음마 하는 아가한테
"이름이 뭐니?"

시장에서 엄마 등에
업혀 있는 아가한테
"누굴 닮아 예쁘니?"

옹알옹알 말도 못하는데
자꾸만 묻지요,
대답 대신 웃는 아가.

눈치 없는 가족

"아가 자니까 조용히 해!"
엄마랑 약속하고 받은 사탕 몇 알.
내가 한 알 더 먹었다며
눈치 없는 동생이 앙앙
아기가 이제 금방 잠들었는데.

아기 잘 동안
엄마는 집안일이 많은데
눈치 없는 시계가
째깍째깍

"편지요!"
"택배요!"
눈치 없는 초인종은
딩동!
딩동!

문소리에
눈치 없는 강아지도

멍! 멍!

아기가 이제 금방 잠들었는데.

벌서는 텔레비전

"텔레비전 좀 그만 봐!"
엄마의 불호령이 떨어졌다.
한참 재미나게 보는데
텔레비전 벽 쪽으로 돌려놓은
야속한 엄마.

만화영화 못 보는 나보다
텔레비전은 더 걱정이겠지.
민서랑 나랑 소꿉 노는 거 못 보고
막내 현서 쭘쭘 하는 것도 못 보고.

벽 보고 눈 감고
일 주일간 벌서기.

"나 때문이야, 미안해!"

쓰레기봉투 살 빼기

만날 과식해서 뚱뚱한
쓰레기봉투.

우리 학교 친구들이
다이어트 시켜 줬죠.

먹을 만큼 식판에,
음식은 남김없이.

좋아하는 소시지도
세 개만 식판에 담았죠.

쓰레기봉투 배가
며칠 새 홀쭉해졌어요.

나풀나풀
춤도 추던걸요.
살 빠져서 좋은가 봐요.

혼혈의 꽃

마당에 핀 채송화
얼굴색이 가지가지다.

하얀 꽃
빨간 꽃
자주 꽃
노란 꽃.

빛깔은 다르지만
같은 모양 꽃송이들.

가지각색 꽃이
바람에
한 물결로 하늘거리네.

사이좋은
혼혈의 꽃.

하룻밤만 재워 줄래?

선풍기 바람도 더운 밤
잠 안 오는 밤
"잔디밭에 나가 봐요, 아빠."
아빠를 조르죠.

"잔디야, 하룻밤만 재워 줄래?"
"나무야, 하룻밤만 자고 갈게."
"달아, 희미한 불 좀 켜 주겠니?"

돗자리 깔고 누워서
잠도 없이 일하는 밤바람이랑
풀벌레 소리도
하룻밤만 빌리는 거예요.

산을 업은 엄마

첫째, 둘째 가방 메고 학교엘 가면
엄만 아기 업고 집안일 해요.

삼 남매 설거지가 산더미
삼 남매 빨랫감이 산더미
삼 남매가 쌓아 올린 장난감 더미.

엄마는 만날
산을 청소하지요.

등에는 또 하나의 산,
아기를 업고.

우리 엄마 잠귀

아기
칭얼대는 소리에, 벌떡
기침 소리에, 벌떡.

이불 차는 소리까지
잠결에 듣고 있는
우리 엄마 잠귀.

동생이 갖고 싶어

동생이 갖고 싶어
엄마를 졸랐죠.

학교 선생님인 엄마는
바빠서 안 된대요.
학생들 가르치느라
시간이 없대요.

그래도 갖고 싶어
울면서 소리쳤죠.
"엄마!
 일요일에 낳아 주면 되잖아?"

엄마, 아빠 마주 보고
웃고 마는 거예요.

구름 보따리

논밭이 바싹 마르던 날,
구름은 회색빛 보따리를 쌉니다.

뭉실뭉실 한 보따리
뭉실뭉실 두 보따리
터질 것 같은 보따리.

분주하던 구름이
둥실둥실 떠다니더니
회색빛 보따리를 와락,
풀어 놓습니다.
후두둑 후두둑 쏴아—

울지 못하는 엄마

백일도 안 된 나는
수술을 마치고
중환자실에 누워 있어요.

목에 걸린 호스 때문에
소리 내어 울지 못해요.

아파서 발로 이불보를
박박 긁을 뿐이죠.

엄마 목소리가 들려요.
"현서야, 잘 이겨낼 수 있지?
 엄만 안 울 거야."

울지 못하는 엄마
목멘 소리예요.

펭귄 삼 형제

영하 15도 등굣길.
두툼한 오리털 점퍼 껴입고
삼 형제가 뒤뚱뒤뚱.

"형아, 너무 춥다!"
씽씽 부는 바람 막아 주러
형들이 바짝 다가서요.
팔짱 끼고 뒤뚱뒤뚱.

펭귄 닮은
까만 오리털 점퍼 삼 형제
뒤뚱뒤뚱.

현서가 궁금해요

엄마랑 누우니
할머니 댁에 맡긴
동생 현서가 생각나요.

엄마에게 물었죠.
 – 현서는 할머니 집에서 뭐 해?
  맘마 먹나?
  목욕할까?
  기저귀 갈까?
  장난감 갖고 노나?

"현서도 자려고 누웠을걸."
 – 할머니랑 꼭 안고 자겠지?
  할머니가 뽀뽀도 해주겠지?

나도 할머니 집 가서
할머니랑 자고 싶어.

좋은 생각

출장 많은 울 아빠
일 년에 못 보는 날이
더 많아요.

비행기 타지 말라고
눈이 퉁퉁 붓도록 울다가
문득,
좋은 생각이 났지 뭐예요.

"아빠, 회사 다니지 말구
 내일부터 식당 하면 되잖아."

주말잠 자는 아빠

주말잠 자는
우리 아빠.

나랑 형아랑
우당탕탕 떠들고
우쾅쾅쾅 뛰어도
돌돌 말린 이불 속에
코만 고는 울 아빠.

"아빠랑 놀고 싶다!"
"우리랑 좀 놀아 주지!"
눈만 꼭 감고 있는 울 아빠.

이불 밖으로 나온
울 아빠 부르튼 손,
굳은살 박인 발만
말똥말똥 내다본다.

나 아가 때도

영서 형은 요즘
막내하고만 놀아 줘요.
두 살배기 막내가
나보다 귀엽대요.

막내가 부러워
한참 바라보다가
엄마한테 달려갔죠.

"엄마, 엄마!
나 아가 때도 형아가
많이 놀아 줬지?
정말이지, 그렇지?"

내가 다 아는데 말이지

소리 지르기 대장
내 동생이
밖에만 나가면
얌전 빼고 내숭을 떨지.

동네 어른들은
"막내가 순한가 봐요."
엄마는 덩달아
"착해서 거저 키워요."

동생은 방글방글
웃기만 하지.
칫,
내가 다 아는데 말야.

꼬마신발

－꼬마야 꼬마야
　줄을 넘어라
　꼬마야 꼬마야
　뒤를 돌아라
　꼬마야 꼬마야
　땅을 짚어라……

줄을 넘다가
뒤를 돌다가
땅을 짚다가
시키는 대로 잘해요
꼬마신발은.

저를 부르는 줄 알고
폴짝폴짝 뛰는
꼬마신발.

언니 낳아 줘

엄마,
은서 언니보다
한 살 많은
언니 낳아 줘.

우리 언니
대장 시킬 거야.
은서도 나한테
꼼짝 못하겠지?

울 언니도 내 손 잡고
놀이터 데려가고
사탕도 사 주겠지?
엄마, 얼른 언니 낳아 줘.

우리만 방학이네

뒹굴뒹굴
우리만 방학이네.

밥 주랴, 간식 주랴
음식들 들락날락
냉장고가 바쁘지.

장난감 자동차는
쉴 새 없이 달리고
로봇도 방학에는
낮잠 자기 글렀어.

치우고 또 치워도
순식간에 어질어질
몸살 난 우리 집,
형이랑 나만 신나는 방학.

당신의 책 출간 즈음에

어느 날 베트남 출장 중이던 당신이 휴대폰 문자로 「아내」란 시를 써서 보내왔을 때, 시집살이 40년 속에 들어가는 듯 가슴이 먹먹했습니다.

40년을 살면서 편지 한 통, 쪽지 한 장 없었던 당신이 갑자기 시를 쓴다, 그림을 그린다, 책을 낸다 했을 때 걱정이 앞섰습니다. 무슨 일이든 하고자 하는 결심만 서면 옆도 보지 않고 돌진하는 당신을 보면서 초조했던 1년이 지나갔지요. 매일 당신이 쓴 글을 읽으며 추억으로 행복해지기도 하고, 순간 눈물이 핑 돌기도 했습니다.

공무원으로 일하다가 사업을 한다고 회사를 차린 후 30년 넘게 묵묵히 일만 해온 당신. 당신이라고 해서 왜 힘든 일이 없었겠어요? 그래도 내색하지 않고 가족들을 위해 헌신한 당신께 항상 감사한 마음을 갖고 있어요. 우리 함께한 지 40년이 훌쩍 넘는 세월 동안 참 많은 일들이 있었지요. 기쁜 일은 물론 슬픈 일까지 당신이 곁에 있어 견뎌낼 수 있었어요.

당신의 글을 보면서 가족을 위해 포기한 일이 얼마나 많은지 알 수 있어 더욱 미안했습니다. 글을 쓰는 일, 그림을 그리는 여유를 갖기에 당신은 항상 너무 바빴지요. 당신 마음속에 그런 소망을 지니고 있다는 것조차 이제야 알았습니다.

당신, 늦지 않았어요. 언제나 당신 편인 자식들과 손주들만 봐도 힘이 나지 않나요? 지금껏 가족을 위한 삶을 살았으니, 이제라도 당신의 꿈을 펼치길 누구보다 응원해요. 사랑합니다.

　마지막으로 이 글을 읽는 여러분께 다시 한번 감사의 인사를 드립니다. 우리 부부에게 부족한 면이 있더라도 예쁘게 봐주셨으면 좋겠습니다. 고맙습니다.

아내가

아버지와 사장님

　아버지가 칠순을 즈음하여 70여 년간 살아오신 인생을 회고하시면서 기념문집 발간을 말씀하셨을 때, 저는 '아버지와 사장님'이라는 단어가 먼저 떠올랐습니다. 제 머릿속에 아버지 그리고 사장님은 어떤 모습인지, 잠시 잊고 지냈던 아버지의 모습을 그릴 수 있었습니다.

　저의 기억은 초등학교 3학년 때로 거슬러 올라갑니다. 주말이면 축구공을 들고 복개천 공터를 찾았었죠. 공을 튀기며 아빠 뒤를 따라갈 때마다 느꼈던 들뜬 기분은 지금도 잊을 수 없습니다. 아버지는 주일마다 축구 연습을 시키셨고, 공을 차는 방법을 가르쳐 주신 1호 코치님이었습니다. 6학년이 되어 지금 살고 있는 집으로 이사 온 후에는 보라매 공원 대운동장이 좋은 연습장이었죠. 중학생이 되어서도 축구와 캐치볼을 자주 했던 기억이 납니다. 지금 생각해 보면 젊으셨을 때는 축구, 야구, 테니스 등 운동을 잘하는 아버지였습니다.

　최근 사내 체육대회 족구경기에서 실수하신 모습은 저희를 웃음 짓게 하지만, 과거에는 스포츠맨이었습니다. 덕분에 저도 여러 가지 운동을 좋아하는 아이로 성장했습니다. 추억을 떠올려 보면 평일에는 거의 집에 안 계셨던 것 같아요. 화요일에 출장을 떠나시면 목요일이나 금요일이 되어서야 돌아오셨죠. 철모르던 어릴 적엔 아빠들은 원래 다 그런가 보다 했어요. 제가 입사하고 나서 전국 보건소 출장을 다니느라 그랬던 걸 알게 됐죠. 비가 오건 눈이 내리건 아버지의 열정은 마르지 않았습니다.

　중·고등학교 때는 아버지가 사업을 하시는 게 이해가 안 갔었어요. 할머니는 공무원을 그만두고 10년 이상 사업을 하고 있는 아들을 내내 못마땅해하셨지요. 고모님들도 "그 힘들다는 사업을 어떻게 하냐"며 명절 때마다 걱정하셨어요. 순하고 여린 아버지가 힘들다는 사업을 시작하고, 일 때문에 고민하는 모습을 보면서 저 또한 그런 생각을 했어요. 특히 저의 학창 시절 아버지는 진짜 순하고 여린 사람의 대표적인 모습이었습니다. 할머니께 효자 노릇만 하고, 말썽꾸러기 아들에게 화를 내신 적이 거의 없으셨습니다.

　저는 입사 후에 깜짝 놀랐습니다. 집에서는 순한 양이던 아버지가, 회의를 진행하거나 잘못된 일을 바로잡을 때는 카리스마 있는 호랑이 사장님이었습니다. '이런 카리스마가 강단 있게 회사를 20년간 꾸려 오신 비결이었구나!'라는 사실을 처음 알게 됐죠. 아버지가 모진 풍파를 견디고 유일기기를 30여 년간 키울 수 있었던 것은 단기간 또는 순간의 성공을 좇지 않았기 때문일 것입니다. 조금씩 천천히 성장하여 지금처럼 단단한 회사를 이룬 모습은 정말이지 아버지로서 사장님으로서 존경합니다.

　제가 학생일 때부터 유일기기는 가족모임을 자주 해왔습니다. 가을 야유회가 되면 임직원 가족들이 모두 모여 서로 인사하면서 한 가족처럼 지내는 회사를 꿈꾸셨습니다. 서산 교육관 개관식 때 전 직원 부모님, 가족들을 모두 초청한 이유도 과거 유일기기가 지향했던 〈가족 같은 회사〉의 부활을 기대하셨기 때문이지요. 직원들의 경조사를 알고, 같이 기뻐하고 슬퍼해 주는 사장님! 유일·카프 모두 바쁘고 정신없이 지내지만, 사장님께서 바라는 회사가 일을 하고 돈을 버는 것이 전부가 아니라는 것을 잘 알고 있습니다. 서로를 위하고 존중하는 마음이 우선시되어야 일의 능률도 오른다는 사실을 몸소 실천하고 보여주셨습니다. 이것이 결국 가족과 같은 모습이 아닐까 생각합니다.

가족이라고 매일 사랑하며 지낼 수 있나요? 오히려 매일 싸우고 다투더라도 서로에게 힘이 되어 주는 게 가족인 것 같습니다. 40여 명이 매달 모여 함께할 수 있는 모임을 만든다는 것은 정말 어려운 일입니다. 이번에 새로 만든 '조롱박 모임'도 가족 같은 회사를 이루고자 하는 의지와 다름없을 것입니다. 조롱박의 터전은 사장님이 만드셨지만 1층, 2층…… 탑을 쌓는 것은 저희 후임들의 몫이 아닐까 생각합니다. 사장님께서 30여 년간 이루신 유일, 카프 이제는 저희가 탄탄하게 이어가겠습니다. 이익을 추구하는 것 못지않게 중하게 생각하신 소통과 화합을 잊지 않고 이어가겠습니다.

아버지의 이야기로 시작해서 사장님의 이야기로 끝을 맺습니다. 가족의 가장으로서 회사의 대표로서 성공적이고 의미 있는 삶을 사셨다고 생각합니다. 아들로서 후임으로서 존경합니다. 후에 저도 아버지처럼 사장님처럼 후회 없이 인생을 돌아볼 수 있으면 좋겠습니다. 사랑합니다.

아들 도현 올림

존경하는 아버님께

아버님, 너무 오랜만에 쓰는 편지라 죄송스러울 따름입니다. 영서, 민서, 현서까지 자식이 늘어날수록 아버님께는 제 마음을 표현 못해 드리는 것 같아서 후회가 드는 때가 있습니다.

공부하느라 바빠서, 애들 때문에 정신없어서…….

효도가 가장 중요한 걸 알면서도, 어느 것 하나 포기하지 못하는 제가 자주 못나 보이기도 하지요. 마음만 갖고 있어서 될 게 아니라, 표현도 많이 하고 행동으로 실천해야 하는데 항상 잘못하고 후회하니까요. 더 잘하지는 못할망정, 기본적인 거라도 잘 챙겨 드리고 신경써야 하는데 부족한 모습 보여 드려서 죄송합니다.

'왜 이렇게 한다고 해도 안 될까?'

좋은 며느리가 되는 것도, 공부도, 아이들한테 훌륭한 엄마가 되는 것도 어느 것 하나 만족스러운 게 없을까? 자책감에 눈물도 많이 흘렸습니다. 아버님께서 주시는 사랑에 비하면 저는 항상 부족한 며느리겠지만, 노력하겠습니다.

그리고 정말 고맙습니다. 아버님께서 응원해 주시지 않았다면, 제가 어떻게 하고 싶은 일을 맘껏 할 수 있었을까요? 요즘 하루하루 힘들면서도 문득 가슴 벅찬 행복감을 느낍니다. 행복해서 소리라도 지르고 싶습니다.

저는 부자입니다. 아버님이 제 아버님이라서 행운아입니다. 여기까지 올 수 있었던 것도 모두 아버님 덕분이기에 감사할 뿐입니다. 아버님 사랑합니다. 영서, 민서, 현서 잘 키우면서 예쁘게 살게요. 효도할게요. 오래오래 건강하세요! 고맙습니다.

며느리 정아 올림

아버님께

  남자가 성장하여 사회인이 되고 가장이 되는 것이 얼마나 어렵고 힘든 일인지 어렸을 때는 가늠조차 하지 못하였습니다. 세상의 모진 풍파를 견디며, 나의 가족을, 나의 사람을 지키는 울타리이기에 아버지라는 존재는 참으로 고독한 것이라고 하였습니다.

  저는 아직 보잘것없는 작은 울타리이지만, 이런 작은 울타리조차도 뒤에서 묵묵히 지켜 주고 받쳐 주는 큰 울타리가 있습니다. 아버님은 그렇게 큰 울타리입니다. 칠십 평생을 사시면서 어찌 좌절의 시기가 없었겠습니까? 어찌 현실과 타협하고 싶지 않으셨겠습니까? 그럼에도 불구하고 당신의 의지를, 당신의 꿈을 묵묵히 펼쳐 나갔기에 당신은 커다란 산이었습니다. 당신의 발자취를 더듬어 한 발자국씩 걸어 나가면, 저도 큰 울타리가 되고 비바람을 막아 줄 수 있는 큰 산이 될 수 있으리라 굳게 믿습니다.

  지치고 힘든 일상 속에서 가족만을 생각하며, 으스러질 때까지 버티고 버텨 오신 아버지. 아버님께서 걸어오신 길이 험난한 가시밭길이었음에 저절로 고개가 숙여집니다. 당신의 희생은 기름진 거름이 되어, 웃음과 사랑이 만개하는 가정이 될 것입니다. 항상 감사하고, 존경하고 그리고 사랑합니다. 오래 오래 건강하시고 하루하루 충만한 나날이 되시기를 바랍니다.

사위 정욱 올림

사랑하는 아버지께

아버지 무릎에 앉아 장난치고 놀 때가 엊그제 같은데, 벌써 세월이 흘러 저와 똑 닮은 아이가 아버지 무릎에 앉아 재롱을 피우네요.

항상 아버지의 그늘 아래서 저는 얼마나 행복한지 몰라요. 이사 오고 나서는 학교 문제 등으로 걱정이 많았는데, 지금은 너무 좋답니다. 무엇보다 부모님이 가까이 계시다는 것이 가장 큰 힘이 돼요. 애들 돌봐주느라 엄마, 아빠가 자유롭지 못하고 고생하시는 것 같아 죄송스러울 때도 있지만 저희가 더 효도할게요!

특히 아빠, 70년 인생 동안 가족을 위해, 회사를 위해 본인은 버리시고 희생하신 세월, 누구보다 저희가 잘 알고 있어요. 이제는 저희가 최선을 다해서 즐거움 가득한 노후가 되도록 노력하겠습니다. 그러니까 오래오래 사셔야 해요. 사랑합니다. 다시 한번 사랑한다는 말을 할 수 있게, 건강한 모습으로 저희 곁에 있어 주셔서 감사합니다. 정말이지 너무나 사랑합니다.

딸 지현 올림